夜のあなたは違う顔
～隠された姫と冷淡な皇帝～
木下杏
Anzu Kinoshita
イラスト 里雪

ヴィルフリート
リアナ

「……きれい」
リアナは思わず呟いていた。

夜のあなたは違う顔
～隠された姫と冷淡な皇帝～

CONTENTS

プロローグ【4】

1 リアナを助けた人物はなんと……。
2 二度目の対面。リアナにかけられた言葉は……。
3 冷たい言葉とは裏腹の優しい行為。
4 夜会の準備とリアナの役目。
5 豪華絢爛な舞踏会。自分にだけ見せるヴィルフリートの姿。
6 さりげない優しさと第二皇子の思惑。
7 側妃となったリアナへの、容赦ない洗礼。
8 ヴィルフリートの秘密の恋人とリアナの友達。
9 リアナを選んだ理由。
10 ヴィルフリートの過去の傷、リアナの事情。
11 気の置ける仲間との束の間の時間。
12 ハックワースからの使者と不穏の予兆。
13 リアナにのしかかる、祖国からの重圧。
14 始めて舞踏会に連れ出されたことを思い出すリアナ。
15 ヴィルフリートはいつもと様子の違うリアナに気づく。
16 ヴィルフリートの問いかけに狼狽える。
17 リアナと使者について。
18 ヴィルフリートの気持ち。
19 側近の制止を振り切り、リアナを視察に同行させることに。
20 視察当日、いつもと違う距離感に落ち着かないリアナ。
21 硬い態度で空回りしてしまう。
22 美しい風景を見せてくれたヴィルフリートに、思わず笑みが溢れる。
23 いつもと違う様子のヴィルフリートに翻弄される。
24 ネールの手前の街で、別行動になる二人。
25 突如とした敵襲。
26 自分を庇ったヴィルフリートに、リアナは……。
27 突如とした行動に驚くリアナ。お互いの本当の気持ちは……。

書き下ろし短編【234】

Paradigm

夜のあなたは違う顔

～隠された姫と冷淡な皇帝～

DearNovels

Paradigm

【プロローグ】

穏やかな晴天が広がり、心地の良い風が吹き抜け、ついついウトウトしてしまうようなのどかな時間が流れる午後のことだった。

リアナは息を呑《の》んで前を見つめている。その眼前には、のどかな雰囲気には似つかわしくない、緊迫した光景が広がっていた。

視線を右に逸らし、今度は左に巡らす。何度となくそれを繰り返し、今の状況を何とか把握しようと努めながら、必死に冷静さを保とうと瞬きを繰り返す。しかし、視線を行き来させるほどにまずい状況に陥っていることは幼子でも簡単に理解できるぐらい一目瞭然だった。
端的に言えばリアナは現在、のっぴきならない危機を迎えていた。

リアナは男たちに囲まれていた。

それもただの男たちではない。賊の類だ。厳つい顔をした薄汚い身なりの、一見してすぐに荒くれものだとわかる男たちは、リアナとの間にまだ少しばかりの距離を取っていたが、半円形状に取り囲むようにして一切の逃げ道を塞いでいたし、すぐ後ろには大きな木が迫っていてそこにじりじりと追い詰められていっている。たくさんの獰猛《どうもう》な視線がまっすぐにリアナたちに降り注いでいた。

リアナは行動を共にしていた侍女とお互いを守るようにして手を握り、身を寄せ合いながら慄きそうになる唇を噛んだ——まさしく万事休すだった。

リアナはここハックワース国のれっきとした王女だ。しかし、王女と言ってもハックワースは小国で、言うほど仰々しい身分ではない。

ハックワースは、肥沃な土壌を有しているとは言えず農地に適している土地が驚くほど少ない。故に農業が発達しておらず、お世辞にも豊かとは言えない暮らしが何代にも渡って続いているような、そんな領民ばかりを抱えている国だった。大陸の辺境にあるちっぽけな存在であり、ハックワース国民はやせ細った土地を一生懸命開墾し、そこで試行錯誤しながらなんとか作物を育て、その日の食べ物を確保することが精いっぱいの細々とした暮らしを長らく続けていた。

このままでは国が立ち行かなくなる——その一歩手前でそれが少しばかり変化したのは先々代の国王の治世の時で、ある時、何の恩恵ももたらさないと思われていた、ゴツゴツとした岩肌が剥き出しの、緑も育っていない無味乾燥な山々がその下にたくさんの資源を蓄えていたことがわかった。

それからはその山々を鉱山として開き、そこから取り出した鉱石を周辺各国に流して、何とか国を立ち行かせてきた。鉱石頼みの田舎にある小さな国——それがハックワースである。

王家と言えど、煌びやかな暮らしを望めるまでには豊かにもならず、王女であるリアナもたくさんの護衛を従え侍女にかしずかれながらの移動なんてできる境遇ではない。

だから、本日、王の名代として出張った視察の帰り道、成人した王族の数が少ないため、王族の務めの類に何かというと駆り出されているのに、その道中に大した護衛はついていなかった。とは言え、さすがにリアナの乗っていた馬車の前後に四人ほど馬に乗った騎士たちはいた。そして、馬車の中にはリアナの身辺の世話をするための侍女も一人同席していた。

今回の視察は少し遠方へと出向いていた。その帰りの、王都と言うにはすこし仰々しく感じるこぢんまりとした街の一画にある、それに似合いのやはりこぢんまりとした王宮へと戻る道すがらのことだった。その馬車の一行は街道から外れた人気のない山道へと差し掛かっていた。街から街を繋ぐ街道の途中にある、川を渡るための橋が昨日降った雨により水嵩《みずかさ》が増えたことを受けて一時的に通行止めとなっており、それを避けて迂回したのだ。普段は通らないような道だったが、この一行にあまり警戒心はなかった。ハックワースの王都周辺に近づきつつあったし、この辺りの治安はそれほど悪くなかったからだ。警護のための騎士たちの間にもどこか安穏とした雰囲気が漂い、リアナも道が悪いためにガタガタと動く馬車の揺れに身を任せながら、帰路ということもあり、どこかぼんやりとしていた、その時、だった。

安定したスピードで進んでいた馬車が速度を落としたかと思うと急にガタンという振動と共に音を立てて止まった。

直後、辺りに人の怒号のような声や激しい物音が、馬車の中にいるリアナにもはっきりと聞こえるぐらい鳴り響く。

得体の知れない気配が馬車を取り囲み、外で何か良くないことが起きたのは明白だった。

あまりに突然のことに、リアナの身体にさっと緊張が走り、顔が強張《こわば》る。リアナは一瞬、外の音に耳を傾けるかのようにじっと動きを止め、どうするか思案するように視線だけを忙《せわ》しなく辺りに彷徨わせた。

鼓動が激しく脈打つ。

しかし、次の瞬間からリアナの状況判断は早かった。蒼白になって驚きに目を見開き、怯《おび》えで瞳を揺らしている侍女をちらりと一瞥してから、外に出ようと扉に手を掛けたのだ。

まずは状況を知らなければと思ったし、何か良くないことが起きて身の危険が迫っているとしたら、事態が起こったばかりで混乱している最中の方が逃げるチャンスが多いことを知っていたからだった。

「リ、リアナさま……何を」

狼狽えた侍女の声を半ば無視して馬車の中に置いてあった護身用の小ぶりな剣を携えたリアナは、まずは扉の隙間から外を窺った。

しかしそれだけでは状況を把握するほど十分に辺りを見ることができず、仕方なく思い切って扉から顔を出したリアナの目に映った光景は絶望的なものだった。

リアナの護衛についていた騎士たちは全員既に馬上にはいなかった。

一行は賊に襲われた。リアナが王女だと知ってのことかどうかはわからないが、ここで捕らえられれば身ぐるみをはがされるぐらいでは済まされないことは、自分たちを取り囲む男たちの纏《まと》う雰囲気から察知できた。リアナとその侍女の身を這い回るギラギラとした視線は値踏みするような不躾《ぶしつけ》さがありありと現れていたし、なにより粗野な身なりの男たちがニヤニヤとした下卑た笑いを浮かべながら時折交わされる会話が、上玉だとか、高値で売れそうだ、とかそういった類のものだったからだ。このままだと凌辱されてどこかへ売りに出されるのは明白で、それを避けるためには何か起死回生の行動を起こさなければ、リアナも侍女も、簡単に哀れな末路を辿るであろうことは恐怖に慄く頭でも容易に想像がついた。

リアナは男たちには気付かれないように前を向いたまま、侍女に低い声で話しかけた。

「私が前に出ます。あなたは隙があれば逃げなさい」

はっと隣で侍女が息を呑む音が聞こえる。その後に紡がれた言葉はものすごく弱々しいものだった。

「で、でも……それでは……」

「いいのです。この状況では身分は関係ありません。自分の身は自分で守りなさい。私もそうします」

侍女と握り合っていた手に少し力を込めてほどこうとすると、それは意外なほど呆気《あっけ》なく外れた。リアナはそのことに少し安堵《あんど》する。守ってくれようとするほど忠義心があるとは元より思っていなかったし、期待もしていなかったが、寄りかかられては困る。この状況では、自分の身を守ることを考えるだけで精一杯で、お互いに自分で何とかするしかない。

リアナは片方の手のひらに収まっている剣をぎゅっと握り込んだ。

侍女にはああ言ったが、この剣がある限り、脱出の機会は自分が作らなければならないだろう。侍女は丸腰で、剣を持っている自分の方がまだ分がある。侍女が逃げ出す隙ぐらいは作ってあげないと、彼女はどう考えても助かる道がない。

リアナはきっと目線を上げると毅然《きぜん》とした態度で一歩前に足を踏み出した。そして、片手に携えていた剣を持ち直してその鞘に手を掛けた。

護身術は習っていたし、剣の腕にも多少覚えがあった。

ざっと視線を巡らして男たちの装備を確認する。防具などを身に付けてはいない。しかし、どの男も荒事に慣れている様子で体格も良く、腕が丸太のように太い者までいた。人数は十名前後。いくらちょっと剣の腕に覚えがあったとしても、女の身でとても敵う相手ではない。そんなことはリアナにも当然わかっていた。

別に倒そうとしているのではない。そんなことは天地がひっくり返っても到底無理だ。

リアナは視界の隅で馬たちがいる場所を確認した。

騎士たちが乗っていた馬、馬車を引いていた馬はまとめて一箇所に集められていた。強奪して売りさばくためにどこかへ連れていくのだ。

(馬のところまで行けさえすれば……)

必死で頭を巡らす。きゅっと唇を引き結んだ。

「おいおい、お嬢さんが何するって言うんだぁ?」

男たちの中心にいた髭面の男がおどけたようにそう言うと、どっと笑いが起きた。

場の緊張感が少し緩んだような気配に乗じて、リアナは鞘から剣を抜こうと腕に力を込めた。

その時だった。

——だんっ!

突然、何か細長いものがどこからか飛んできてリアナの少し先の地面に勢いよく突き刺さった。

(え?)

驚き、眼を瞠って呆然とそれを見つめると、その細長いものは剣であることがわかった。リアナが持っているものよりも長くて、地面から出ているところだけでも倍はあるだろう。こんな風に扱うべき類のものではないことが、持ち手に施されている美しい細工から見て取れた。

はっとしたリアナは慌ててそれが飛んできた方角に視線を巡らした。

そこに、一人の男がいた。

男はリアナと賊がいるところからまだ遠く離れた位置にいた。軍馬と言えるほどに大きな躰とどっしりとした筋肉を纏った馬に乗り、すっと背筋を伸ばしてこちらを見ている。

軍服のような、丈が長く高い詰め襟の黒い上着をきっちり着込んでいる。華美ではないが明らかに身分の高い者の装いだ。がっしりした体躯《たいく》に、この国ではあまり見かけない栗色の髪。リアナはその人物が異国人だということにすぐに気付いた。

なぜ、身分の高い異国人がこの場所にいるのか。この飛んできた剣は彼が投げたものなのか。男は一体何者なのか。不審に思うことはいっぱいあった。

しかし、今のリアナはそのことに頓着することができなかった。

その男から目が離せない。遠くにいるのにまるですぐ目の前にいるかのように視界の中心に陣取って、その存在感を主張してくる。

男はただ無表情に佇《たたず》んでいるだけだった。なのに、ただそこにいるだけで人をひれ伏させるような威圧感を放っていた。リアナはその男を見て、人の上に立つことが定められた人間だと思った。

その鋭い目つきになぜか心を抉《えぐ》られるような心地がした。

リアナの視界の中で男が馬の手綱を操り、その身を脇に避けた。そして、すっと片手を挙げる。

「かかれ」

抑揚のない声が放たれると、男の周りにいた騎士のような身なりをした者たちが一斉に動いた。男は多くの人間を従えていた。しかし、リアナはあまりに男に視線を奪われすぎてその状況すらも視界に入っていなかった。

はっとして視線を戻すと、リアナを取り囲んでいた賊の男たちが慌てて踵《きびす》を返し、散り散りになって逃げていくところだった。呆然とそれを見やると、リアナはまた自然と男の方へ視線を戻した。

男は悠然と馬を操りながら、ゆっくりとこちらに向かって近づいてくるところだった。

その姿を瞳に写しながら、リアナは自分の鼓動が激しいぐらいに脈打っているのに気付いた。それがこの状況に興奮しているからだけではないことは、なぜだがわからないがはっきりとわかった。男と自分の距離が徐々に縮まっていくのを息を詰めて見守る。魔法に掛けられたかのように、ただただ男から目が離せなかった。

【1】


リアナは窓辺に佇んでぼんやりしていた。

日が落ち、外の景色は闇の中に沈んでいて、いつもは見えるはずのきれいに手入れされた見事な庭園はすっかり隠れてしまっていた。空に浮かぶ丸い月が青白い光を放つのを見るともなしに目に写す。

ここは生まれ育ったハックワースではない。どこかうらびれた雰囲気のある、見慣れたはずの王宮でもない。余計な調度品を置いていない殺風景な自分の部屋でもない。

ここは大陸に名を轟かせる、ここら一帯を広く支配しているレーヴェンガルト帝国だ。帝国の中心に位置する活気ある王都の、ハックワースの王宮とは比べ物にならない大きさを誇る、堅牢でありながらも華美な装飾がほどこされているとても立派な王城の中の一室に、リアナはいた。

リアナが初めてレーヴェンガルトに来てから、もう幾度も月をまたいでいた。月日が経つのが早くてため息をつきたくなる。リアナはそんなことを考えながら実際に軽く息を吐いた。

ハックワースで賊に襲われていたリアナを助けたあの男はなんと、ここ、レーヴェンガルト帝国の皇帝、ヴィルフリートその人であった。

大陸の覇者であり、ハックワースなんか比ではない程の広い領土を持ち、軍事的にも政治的にも圧倒的な強国であるレーヴェンガルト帝国。その皇帝であるヴィルフリートがなぜ、辺境の地にある名もなき小国、ハックワースなんかに来ていたのか、そしてなぜあんなところを通りかかったのか、それはリアナにとっては到底信じられないことだったのだが、全くの偶然だったのだ。

ヴィルフリートはその時、皇帝になってまだ日が浅かった。レーヴェンガルトは隣国のメルヴィル王国と国境付近の土地を巡って争いを繰り広げていて、戦いは長きに渡っていた。その戦いを先頭で指揮していたのが、まだ皇太子だったヴィルフリートだった。ヴィルフリートの戦いぶりは大陸一帯に名が知れ渡るほど凄まじいものがあった。なにせ、レーヴェンガルトと少しだけ国境を接してはいるものの、その一帯に身を寄せ合うようにひしめき合っている小国の中の一つという、関係性の薄いハックワースにいて、あまり情報が入ってこない自分でも知っていたぐらいなのだから。ヴィルフリートはその鬼気迫る戦いぶりから「戦狂い」「狂王子」などと呼ばれて、自国民にすら恐れられている存在、という噂《うわさ》を漏れ聞いたことがリアナにもあった。

長い間、膠着状態だった両国の鍔迫り合いはヴィルフリートの活躍により、徐々にレーヴェンガルトに分が出てきて、ついにメルヴィル王国を撤退させるまでに至った。それにより、彼は「戦狂い」から一転して「英雄」になり、時を同じくして病に倒れた前国王に変わって、他の皇子たちを押し退けてその勢いのまま皇帝となった。

皇帝となった彼は、国内情勢が少し落ち着いたタイミングを見計らって、戦に集中していたおかげで長らくなおざりになっていた他の周辺各国との関係を見直そうと諸国を回るために外遊に出ていた。その際にハックワースの鉱山の噂を聞いて、近くに来たついでに立ち寄った、ということだったのだ。

レーヴェンガルトは戦が終わったばかりで、これからのことを考えると、国内の財源の不足が不安視されていた。そして、前皇帝が金遣いの荒い傾向があったこともあって、適正に管理されていたとは言い難かった財政状況の再建に着手したところだった。

そのような事情もあって宝の持ち腐れとなっているハックワースの鉱山に目を付けた。国内には手付かずの山がまだまだたくさんあり、ハックワースの国力ではそれらに手を入れるまでにはまだ至っていなかったのだ。

レーヴェンガルトとハックワースは取引をすることになった。ハックワース王家もレーヴェンガルトに頼らなければならない差し迫った事情があったのだ。その取引のせいで、リアナは長く暮らしたハックワースを離れてレーヴェンガルトに連れて来られた——皇帝の、側妃となるために。

物思いに沈んでいたリアナは、扉の開く音に振り向いた。

開いた扉の間から、レーヴェンガルト帝国皇帝、ヴィルフリートが入ってくる。

リアナは姿勢を正すと、なるべく穏やかな笑みを浮かべて彼を迎え入れた。

【2】

――あの日、いきなり目の前に現れた彼を、今でもはっきりと思い出すことができる。

ハックワースで賊から助けられたリアナは、いきなり現れたその人物の正体をすぐに思い至ることはできなかった。もちろん、レーヴェンガルト帝国で新たに即位した皇帝ヴィルフリートの存在は知っていた。でも、いきなり自分の目の前に現れ、危機を救ってくれた人が大国の皇帝だなんて、例え相手がどんなに立派な身なりだったとしてもすぐに結び付けられたりはしないだろう。

リアナは、その人の身なりから他国の貴人であるととりあえず見当をつけ、丁重に礼を述べてから、失礼にならないように気を付けて正体を尋ねた。すると、その人はレーヴェンガルト帝国の者で王宮に用があって来たとだけ、言った。はっきりと身分を明かされた訳ではなかったが、その印象から帝国の中でもかなり身分が高い者だと判断したリアナは、自分はハックワースの王女であると素直に明かした。

命は取り留めていたものの傷を負っていたリアナの護衛の騎士たちを運ぶのに手を貸してもらいながら共に王宮に戻ると、リアナの父――ハックワース国王とハックワースの重臣たちが平身低頭でその人を出迎えた。

リアナは朝の早い時間から視察に出て一日王宮を留守にしていたので知らなかったのだが、レーヴェンガルト帝国の皇帝が立ち寄るという先触れが届いた王宮は出迎えのために、上を下への大騒ぎだったらしいのだ。

そんなことを露とも知らなかったリアナは、あまりに丁重過ぎるもてなし振りに一体この方はどれだけの人なのかと訝しんだ。そして、その正体を知った時には自分の世界がひっくり返るかと思うほどの衝撃を受けた。

その後、レーヴェンガルト皇帝はハックワース国王と会談をしてその日のうちにハックワースを立った。リアナももちろん王族として見送りに出たが、王宮に戻って来てから彼と会話を交わすことはなかった。それはそうだ。彼はレーヴェンガルト帝国の皇帝。自分はしがない小国の王女だ。たまたま通りかかり、襲われている女を捨て置けなくてただの成り行きで助けくれただけだ。しかし、雲の上のような存在のその人を間近で見て、会話まで交わした記憶はリアナの中に鮮烈な印象を残して、その後も度々そのことを思い出した。

だから、国王である父からそのことを聞かされた時のリアナの驚きは凄まじかった。それこそ本当に世界が変わった。

リアナがその事実を知った時には、レーヴェンガルト帝国の皇帝がハックワースを訪れたあの日から、既に幾月も経過していた。リアナは全く知らなかったのだが、その間に様々な交渉が両国の間で行われてきていたらしかった。レーヴェンガルト皇帝は鉱山の噂を聞いてほんの思いつきで立ち寄っただけということだったようだが、思った以上にハックワースが多くの鉱山を有していることを知ると、その採掘に協力したいと申し出たのであった。

ハックワースには鉱山と見られる山々はたくさんあるが、実際に採掘が行われたのはその一部のみに留まっている。その理由はハックワースの国力の問題だった。ハックワース王家には採掘に投資できるほどの潤沢な予算がなかったのだ。当然、技術開発も進まない中で細々と採掘を行い、それを周辺各国に流すことで何とか国を現状維持してきた。

そして、そのような状況はハックワース王家に暗雲をもたらしていた。実はもうずっと前から、レーヴェンガルトとは反対側の国境を共にしている隣国のオールデンにその資源を付け狙われてきたのだ。

長年オールデンから様々な干渉や工作を受けていてじわじわと浸食されてきていたハックワースは、それを退けるために、今後自国で採れる鉱石の配分を条件にレーヴェンガルド帝国皇帝ヴィルフリートと取引をすることにした。レーヴェンガルトから支援を受けて、ハックワース鉱山の採掘を大規模に始めるにあたって、オールデンや周辺各国にもレーヴェンガルドから庇護《ひご》を受けていることを大体的に知らせる必要性があった。そうすればオールデンはハックワースから手を引かざるを得ない。それを最も効果的に知らしめるために、ハックワース王家の血を引く王女のリアナがレーヴェンガルト皇帝の側妃となることが決まったのだ。本当は血縁関係を結ぶのが一番なのだが、さすがに両国間の規模が違いすぎるために小国の王女リアナがレーヴェンガルト帝国皇帝の皇妃となるのは難しい。なので、ひとまず側妃という体裁が取られることとなった。

こういった経緯を経て、リアナはレーヴェンガルトの王城でヴィルフリートと二回目の対面を迎えた。

椅子に座りながら傍《そば》にいた者に何事か話していたヴィルフリートは部屋に入ってきたリアナに気付くと一瞥を向ける。その瞬間、リアナの心臓は跳ね上がった。しかし、側妃の末席に名を連ねるだけで、決して浮ついたりはしてはならないと自分を固く戒めてきたリアナは表情をぴくりとも動かさずに、案内役の者の誘導に従いながらヴィルフリートの前に立った。

「ハックワースから参りました。リアナ・ハックワースでございます。その節は危ないところをありがとうございました。これからどうぞよろしくお願いいたします」

丁寧に挨拶をして、頭を下げる。時間を置いてから顔を戻すと、低い声が響いた。

「ヴィルフリートだ。よくぞ来てくれた。今日からよろしく頼む」

不躾にならないように気をつけながら視線を向けると、ヴィルフリートの表情は何の感情も灯していなかった。鋭い眼光から放たれる眼差しからはこちらに特段の関心を持っていないことがありありと窺えた。

（まあ……それはそうよね）

リアナは心の中で呟《つぶや》いた。大国の皇帝が自分なんかに興味を示すはずがない。

わかっていたことなので、さほど落胆もせずに次の言葉を待ちながら、ヴィルフリートをさりげなく観察する。

ただ椅子に座っているだけなのに、彼にはやっぱり圧倒的な存在感があった。まさに王といった堂々とした風格で、見る者を惹きつけ、そしてひれ伏させるような空気を纏っている。それが帝国の第一皇子として、生まれながらに備わっているものなのか、それとも皇族として歩んできた人生の中で身に付いたものなのかはわからないが、帝国の皇帝ともなる者ならばそれぐらいの品格は持ってしかるべきなのだろう。よく日に焼けた褐色の肌に大きくてがっしりとした体躯は座っていても人に威圧感を与える。鋭く光る吊り上がり気味の琥珀《こはく》色の瞳は彼の顔をかなり怖い印象にしていたが、その実、その顔立ちはよく見ると意外なほど整っている。程よく高くてしっかりしている鼻梁《びりょう》、その下でぎゅっと引き結ばれた唇も形が良い。

こんな人の側妃となって召し上げられるなんて人生はわからないものだと不思議な心地に包まれながらも、リアナはヴィルフリートから掛けられる決まりきった道中への労《ねぎら》いの言葉などに卒なく返答していった。

形式的とも言える会話を二つか三つ交わした後、二人の間に沈黙が降りた。少し気詰まりな空気が流れ、居心地の悪さを感じたリアナが周りに気を配ると、二人の傍にいたお付きの者たちはいつの間にかいなくなっていた。

気を利かせて二人きりにしたのだろうかとリアナが驚いていると、前から刺すような視線を感じた。視線を戻すと、ヴィルフリートが黙ったままじっと自分を見ていた。纏う雰囲気がさっきまでと少し変わったような気がして、どうしたのだろうとリアナは訝しく思った。

「側妃となった以上最初に一つだけ言っておくことがある」

威厳に満ちた先ほどまでの話し方とは違う、少し砕けた感じの口調でいきなり切り出されてリアナはわずかに面食らった。しかし、それを表には出さないで落ち着いた態度で口を開く。

「なんでしょうか」

「この先、側妃には様々な役割が求められるだろう。だが、俺がお前を愛することはない。寵《ちょう》などは期待するだけ無駄だ」

そのあまりに予想外な言葉にリアナは思わず固まってしまった。

今のは、どういう意味なのだろう。

ぱちぱちと瞼《まぶた》を忙しなく動かす。瞬きを繰り返しながら言われた言葉を一生懸命理解しようと頭を捻《ひね》った。

——寵なんてもらえるなんて思ってない。そんなこと、初めからわかっている。

自分は国同士の政略で側妃となっただけ。

器量などを気に入られて召し上げられるような寵妃とはまったく異なる存在だ。

そんな存在が愛されるなんて思ってない。そんなの、考えてもいなかった。

当たり前のことだ。そんな、誰にでもわかりきっていることをなぜわざわざ宣言するのだろう。

リアナはヴィルフリートの真意がわからなくて激しく困惑した。しかし、それを言った当人は目の前でその表情を一切変えていなかった。

表情からも何も読み取れなくて、それがますますリアナの困惑を深める。

「……心得ております」

内心は激しく動揺し、それだけ言うのも精一杯だったのに、リアナはあまり表情を変えずにぴんと背筋を伸ばしたまま淡々と返答した。リアナは思っていることが表情に出にくい。自分の本心を隠して人の前で振る舞うことはリアナの習慣となっていることであった。

「ならよい」

抑揚のない声が二人の間に落ちて、その後は沈黙がその場を支配した。

ひとまずここでの自分の役目は終わったのだと理解したリアナは辞去の挨拶を告げてこの場を去る。

その時リアナは、当たり前のことをわざわざ確認してくるなんてレーヴェンガルトの皇帝は随分と用心深い性格だなと思った。

当たり前のこと。それだけのはずだった。自分はわきまえている、わきまえられる性質だと思い込んでいた。

しかし、その言葉は、まるで呪いのようにこの先リアナをずっと苦しめることとなった。

【3】


しんとした部屋に皮膚がぶつかり合う音が響き渡る。

リアナは中を勢いよく穿《うが》たれてたまらず背を反らした。

「はっ、あ、あ、ん、んんっ」

時間をかけて愛撫《あいぶ》されていたせいで柔らかく蕩けた粘膜を擦り上げられる度に、たまらない快感が体内を走り抜ける。熱に浮かされたように痺れた頭の中で思考がばらばらに解けていく。

「リアナ……」

悦に歪んだリアナの顔をゴツゴツとした長い指が撫でた。身体を倒して顔を近づけてきたヴィルフリートの唇がリアナの唇に重なって、舌先がその表面を宥めるようになぞる。入ってきた舌に自分のものを絡めながら、リアナは縋《すが》るようにその背中に抱き着いた。

この時だけはあなたに触れられる。

その瞬間を閉じ込めるかのようにリアナは背中に触れた指に力を込めた。

すると束の間、腰の動きを止めて、ヴィルフリートはそれに応えるかのように口づけを深めていった。濃密に舌を絡めながら安心させるかのように空いている手で髪を梳《す》く。

情事が始まれば、ヴィルフリートは驚くほど優しい。普段の人前での素っ気ない口調は鳴りを潜め、まるで愛を囁《ささや》くかのようにリアナの名を呼び、大事なものに触れるかのように優しく、だけど滑らかにリアナの肌を慈しむ。

それは最初から。初めてリアナの部屋に来た、二人で迎えた最初の夜の時からそうだった。

リアナは、ヴィルフリートが自分を抱くなんて思ってもいなかった。

ヴィルフリートが皇妃を迎えていないことは知っていた。だけど、側妃はたくさん抱えていると思っていたのだ。自分はその末席に名を連ねるだけ、それは対外的、政治的なことのためで、本当に大国の皇帝が自分に側妃としての役割を望むだなんて思ってもいなかった。側妃とは名ばかりで、王城の片隅で身を潜めて過ごすことになるのだと思っていた。でも、それでも構わなかった。

リアナは、誰も自分のことを知らない場所に行きたいと常々思っていた。ハックワースはリアナにとって居心地のよい場所ではなかった。時々恐ろしいほどの窮屈さを感じて息が詰まりそうになる。例え誰からも顧みられなかったとしても、この息苦しさからずっと解放されたかった。

だから、自分の部屋というものを与えられ、専属の侍女をつけられて、この国のやり方を少しずつ教えてもらいながらとりあえずは何の予定もなくただぼんやりとした日々を過ごす毎日が始まってどこか安心していた。本当に自分はお飾りのような存在で何も望まれていないと思ったからだ。その考えはどこか空虚な感情を連れてきたが、それでもあの息苦しい毎日からするとましだと自分を慰めた。

そんな日々の合間にリアナはあることに気付いた。ヴィルフリートの側妃たちにはとりあえず挨拶ぐらいはしておかなければいけない。そこで、側妃たちはどのぐらいの人数がいて、どのような方たちなのかと侍女に確認してみた。自分の部屋から庭に出て散歩するぐらいの自由は許されていたが、日中に自室から出ても、それらしき人に会わないので、一体どこにいるのだろうと不思議に思っていたのだ。

しかし、どこか困ったような顔をした侍女が躊躇いがちに発した言葉にリアナは驚いた。

侍女はヴィルフリートの側妃は今のところはリアナただ一人だと言ったのだ。

その言葉に事態を把握できなくなったリアナは、気付けば侍女にそれはどういうことかと尋ねていた。大国の皇帝ともあろう方が側妃の一人もいないなんてにわかには信じられなかった。侍女が皇帝の女性関係なんかを詳しく知るはずもないだろうが、今のところリアナが話をできる人間は限られているので、侍女に尋ねるぐらいしか術はなかった。ただ、その侍女は王城の皇帝近いところで仕えているので、少しぐらいは噂でも聞いているのではないかと思った。

重い口の侍女に頼み込んで聞き出した情報をつなぎ合わせると、どうやらヴィルフリートはその手のことに対して非常に淡泊らしい、ということだった。

それを知ったリアナは、もしかするとヴィルフリートは女性嫌いなのかもしれないと考え始めた。そうであれば、側妃を娶ってないことに加えて、あの言葉の意味も理解できる。

――お前を愛することはない。

女性というものが嫌いで、傍に置くのも閨《ねや》を共にするのにも関心がない。だから、リアナのこともただ政治的に必要だったから側妃にしただけで、それ以上の意味もないし、その役目も求めていない。そういうことだ。リアナが変に勘違いしないようにそれをあえて最初に言っておいてくれたのだ。

それは彼なりの優しさだったのかもしれない。リアナが期待して褥《しとね》で待たないように。

そこまで考えてリアナはやっと安堵の息をついた。自分の立ち位置が定まっていないとひどく不安になる。リアナにはそういう性質があった。何を求められているのか、自分がどうするのが正解なのかが自分の中に定まっていないと心細くなってしまう。どう振る舞っていいのかがわからないと落ち着いていられないのだ。リアナは侍女の言葉から自分なりの考えを組み立て、そうして少し安心した。

だから、その数日後の夜、突然の先触れから間を置かずして彼が自分の部屋を訪れた時には、リアナの頭の中は軽いパニックを起こしてしまって、冷静にものを考えられない精神状況に陥った。

意味が、わからなかった。どうして彼が自分を抱こうとしているのかが。

側妃として召し上げられた以上、そういった状況になることも想定してはいた。だから身体を捧げる覚悟もしてきたつもりだった。たくさんの側妃がいても、とりあえず一回ぐらいは試してみようという気になるかもしれないとも思っていた。だけど、女嫌いなのかもしれないと考えた時に、その可能性は低いだろうとどこかで思ってしまったのだ。

別に伽《とぎ》をするのが嫌な訳ではない。皇帝に望まれるだなんて幸せだと思う。こちらに来る前にハックワースでは、皇帝に気に入られるように努力しろとまで言われていたのだ。それは半ば諦めていたけれど、その機会に恵まれるなんてこの上なく幸運だ。だから、これはいいことなのだ。そういうことなのだけど、それにしてもその時は心構えがなさすぎた。

これから自分は、自分の想像の及ばない未知のことをするのに、その際の振る舞いについて、どうすればいいのかわからない。何も準備してない。それはリアナをひどく不安にさせた。

二人で寝台に上がったものの、表情を取り繕うこともできず、今にも泣きそうな面持ちで身体が細かく震えるのを抑えられないリアナに、ヴィルフリートはあの冷たい声とは全く違う、びっくりするほど優しい声で名を呼んだ。

――大丈夫だ。

――ひどいことはしない。

――優しくするように努力する。

そして、あの言葉が嘘なのかと思うくらい、それは優しく、労わるように触れ、強張る身体を解きほぐし、まるで心まで包むかのようにその腕の中でリアナを溶かしてくれた。

今思えば、あの時既に、私は彼に心を許してしまったのかもしれない――。


「リアナ、何を考えている？　随分余裕だな」

その言葉にリアナははっとなった。その瞬間に奥までぐんっと突かれ、細い肢体が弓なりになる。

「んっ、あ、あ、は……んんっ」

その体格に見合った逞しい大きさの雄が、リアナの隘路《あいろ》を押し広げ、隙間なくぴっちりとその空間を埋め尽くしている。沁み出した愛液を潤滑液にしながら、何度も行ったり来たりされてリアナは口から漏れ出る声を止められなくなった。

「あっ、あ、ん、うぅ……は」

「今は他のことを考えるのは許さない」

胸元に落ちた手が突起を探った。既に凝っている尖りを指で押し潰しながら腰を振られて、身体中が愉悦に浸される。

――この時に別の誰かや何かを考えるなんてことはあり得ない。他のことは何も考えられなくなるほど、満たされてしまうのに。

リアナは心の中に浮き上がってくる言葉が口から漏れないように必死で唇を引き結んだ。

毎回、行為の度に自分の感情を残酷なほど実感してしまう。

身体は快楽に溺れているのに、なぜだか無性に苦しくなって、腕を伸ばしてその熱い身体に縋った。

【4】

その日、リアナは自分を出来る限り美しく見せようと努力していた。

身体のラインを美しくするためにきつく締め上げたコルセットの上に用意されたドレスを纏う。薄い水色のドレスはVの形に胸元が開いていて、下に重ねた胸当ての部分だけが濃い青の生地になっている。背には畳まれたプリーツがありウエスト部分がきゅっと絞られていて、下にいくほどゆったりと広がっていた。襟や袖口はレースやリボンが縫いつけられていて、それがそのドレスを一層華美な印象に引き立てている。髪もきれいに結い上げられ、豪華な真珠がふんだんに使われているアクセサリーを髪や耳、首に揃いでつける。

リアナ付きの侍女も手伝ってくれて化粧も施し、ドレッサーの前に座るリアナは、普段の地味な自分と比べると格段に美しく仕上がっていた。過去の自分だったら到底身に付けられなかったドレスや装飾品に包まれて身が引き締まる思いで背筋をぴんと伸ばす。

しかし、正直、この姿は何度見ても慣れない。リアナは鏡の中の自分をじっと見つめた。

黒色の髪に同じ色の瞳。まるで人形のような愛らしい顔立ちの女性が多いこの国の人間からするとエキゾチックな、とも言えなくもないが、女性特有の大きくてぱっちりとした瞳とは違ったやや切れ長の冷たい印象の目元に淡泊な顔立ち。女性らしさを感じさせない丸みのない身体。田舎育ちの取り立てて美しくもない平凡な容姿に、目立つような才気もなく、金髪や亜麻色の髪や青や緑の瞳、華やかな顔立ちの美しい令嬢が数多いる帝国の中では埋もれてしまうような存在の自分。

そんな自分がこの国の頂点に立つ皇帝の側妃になってしまった。

皇帝の伽の相手をしているだけでなく、リアナは公式な側妃としてお披露目《ひろめ》までされていた。

ヴィルフリートには皇妃がいない。そしてリアナが来る前には側妃もいなかった。彼は今までパートナーが必要な舞踏会や夜会などに一人で出席していたらしかった。そこに、リアナを伴とするようになった。驚くことに、レーヴェンガルトの社交界に自分のパートナーとしてリアナをデビューさせたのだ。

今夜も舞踏会がこの王城で開催される予定で、リアナはヴィルフリートと一緒に出席する。レーヴェンガルトに来てからこの手のことをもう何度となく経験していた。

まずは夜会。次いで舞踏会。最近では晩餐《ばんさん》会で隣に座らせられたりもするし、そうなると名実ともに皇帝の側妃として存在が認知され、この頃は貴婦人たちの茶会にまで呼ばれるようになった。

ヴィルフリートがリアナにここまでの役目を求めてくることに、リアナは最初のうちは驚きと困惑しかなかった。

あの、最初に閨を共にした夜、戸惑いの中でこれは儀礼的な役目を果たしただけのことなのかもしれないとリアナは思った。もしくは気まぐれ――そう考えるぐらいしか答えはないような気がした。

彼はとても優しかったが、それは、最初にリアナが極度に怯えたために、行為をなすために必要なことであったかのようにも思えた。あの時の精神状態では普段の威圧的な感じで来られたらとても耐えられなかっただろう。リアナは初めてだったので比べようもないのだが、彼はとてもその手のことに慣れているように思えた。その経験上、ことをスムーズに運ぶために優しく振る舞っただけではないのだろうか。

次は当分ないかもしれない、そんなふうに思っていたけれど、ヴィルフリートはそれから定期的にリアナのもとを訪れた。それはいつも、頻繁にではないけれど、ご無沙汰というほどでもないぐらいの上手い頃合いをまるで計算しているかのような絶妙なタイミングであった。

その一方で、リアナは日中、レーヴェンガルドのことを徹底的に教え込まれた。他国のしかも小国から来たリアナには皇帝の側妃となった以上、然るべき教育なのかもしれないと何も言わずに励んだが、国の歴史や成り立ちから、現在の政治情勢、重要貴族たちの名前、家族構成やそれぞれの関係性、マナーや所作の指導、ダンスのレッスンと、それは多岐に及んだ。必死にそれらをこなして数ヶ月が経った後、気付けば公の場でヴィルフリートの隣に立っていた。

その意図がわからないまま何度かそれをこなすうちにリアナはなんとなく察した。ヴィルフリートはリアナをお飾りとしてではなく、本当の側妃として召し上げたつもりなのだ。だから閨も共にするし、自分のパートナーとしての役目を果たさせる。

ヴィルフリートがそのつもりならそれを全うしなければならないとリアナは注力した。予定が入ってない時間はいつも何かしらの勉学に励んだし、呼ばれればお茶会に参加し、貴族に対する情報収集をして、なるべくこの国に溶け込み、自分の顔を覚えてもらって交友関係も広げるように努めた。リアナはどちらかと言うと、もともと責任感が強い傾向の性格だった。期待されればそれ以上に応えなければと頑張り過ぎるきらいもある。そのために裏でする努力をあまり苦と思わないタイプで、むしろ、目標があってやることが定まっているほうがなぜか安心する。やるべきことがはっきりしている時はそれをしていればとりあえずはいいと思える。その内容がなんであれ、それは自分が求められているということである。自分の存在が認められているかのような気持ちになることができる。

そうやって自分の役目を忠実に果たそうと色々気を配っているうちに、リアナはヴィルフリートの真意になんとなく思い当たってしまった。彼が小国の自分なんかを側妃として扱った本当の理由——それは、ただの場繋ぎと周囲からの風除けのためであった。

ヴィルフリートは自国の貴族令嬢を毛嫌いしているところがある。彼は第一皇子で皇太子となり、そのまま皇帝に収まったが、その道は順風満帆とは言えなかったらしかった。レーヴェンガルドには第三皇子までと二人の皇女もいる。すべて前皇帝と皇妃から生まれた子どもだ。そして、レーヴェンガルドは長子相続ではなかった。皇子たちの中では苛烈な王位争いがあり、その中心にもちろんヴィルフリートもいた。貴族たちは自分の娘を皇子たちに近付け、その中で様々な策を張り巡らせた。数多の女が彼に近付き、そういったことが繰り返された結果、ヴィルフリートは『ただ一人の例外を除いて』、すっかり女性が嫌になってしまったらしいのだ。リアナは社交界に出ることで漏れ聞こえる噂からそのことを知った。

ヴィルフリートは戦に出ていた経歴から軍に太いパイプを持ち、高い国民人気まで誇っている。なので、現在のところ有力貴族の後ろ盾は必要としていなかった。だから彼は周りに群がる貴族令嬢たちの中からしがらみやその関係性を見極めて側妃や皇妃を選ぶ労力を割く必要はない。実は、外遊に出たのは、他国の良い条件のところから皇妃を選ぼうとしてその下見に行ったのではないかという噂もあった。

つまりはこういうことだった。ヴィルフリートは今までの経験から国内でのしがらみを嫌い、他国から自分の皇妃を選ぼうと考えていて、目下選別中だ。その間、自国で自分にすり寄ってくる煩わしい令嬢たちからの風除けのために、たまたま側妃になることになったリアナを活用することにしたということだ。

そのためには、リアナを名実ともに側妃として扱わなければならない。その存在を周りに認めさせなければ風除けの意味を成さないからだ。だから、閨を共にして、公の場に連れて出る。周りの状況や噂、自分の立ち位置を考えればそれが最も可能性の高い真実だろう。

そして、それが本当のところであったとしても別にかまわない——

側妃として来ているのだから、側妃の役目を望まれるのは当然だし、ヴィルフリートは最初に宣言している。リアナを愛さないと。

ヴィルフリートは最初からリアナをこう扱うことを決めていたのだ。だから、その中でリアナが変に勘違いしないように最初に釘を刺したのだ。

そして、社交界では公然の秘密となっている『あの噂』が本当であれば彼には『忘れられない人』

がいる。

だから、言われていたのに彼に惹かれてしまった自分が悪い。

皮肉なことに、リアナが状況を理解した時には、その感情はもう否定できないものになっていた。

愛されないことは分かり切っている。わきまえられるとも思っていた。だから、こんな気持ちを抱くようになるなんて、リアナにとってはまったく予想外のことだった。

それでも、はっきりとしたきっかけになったことはよく覚えている。でも、あの時は、そこで生まれた気持ちが、『恋』や『愛』に変わる類の性質のものであったなんてよくわかっていなかった。リアナは、それまでに男性を好きになったことがなかった。だから、それが自分の気持ちにどういう影響を及ぼすのかをよくわかっていなくて何の対処も出来ないうちに、いつの間にか、引き返せないところまできてしまっていた。

実はヴィルフリートは最初の印象そのままの冷たい人間ではなかった。それがわかる度に、リアナは自分の中で生まれた気持ちを育てていってしまっていた。

けれど、リアナは必死になってその気持ちを隠そうとしていた。わきまえると言った以上、絶対にヴィルフリートには気取られてはならない。閨で優しく彼に触れられる度に、喜びと一緒に、まるで溺れているかのような苦しさも覚えた。自分の気持ちを肯定も否定もできない。その現実に心が軋んだ。

しかしその一方で、立場的なものから見れば、この状況はリアナにとって悪いものではなかった。

なぜなら、伽の相手をさせてもらっている以上、リアナにだって皇妃になるチャンスがわずかながらでもあるからだ。

もし、彼の子どもを身ごもれば、その可能性が出てくる。ヴィルフリートがどう考えているか本当のところはわからないが、彼はリアナが子を授かることはそんなに望んでないだろうというのは見て取れた。彼がリアナのところに来るのは、リアナが側妃としての体面を保てて、けれどそんなに頻繁ではないというギリギリのタイミングを図っているように思えるからだ。

だから、リアナだって本当のところはそんなことは望んでない。リアナの立場からすると悪い話ではないというだけで、実際にそれが現実になったら心情的にはもっと苦しくなるだけのような気がする。だけど、贅沢を言える立場ではない。この現状は、ハックワースの国の状況から言っても、願ってもないことなのだ。だから上手くやり続けるしかない。

その時、傍に控えていた侍女がリアナに声を掛けてきた。そろそろ時間なのだ。

沈んでしまった胸の内を振り払うかのようにリアナはきゅっと唇を閉じて椅子から立ち上がった。

【5】

　舞踏会が開催される王城の大広間はまさに豪華絢爛だ。吹き抜けの高い天井には大きなシャンデリアがいくつもぶらさがり、様々な調度品が品よく配置され、どっしりした柱や壁のいたるところに細かな彫刻が施されている。幾人もの人間が一斉に踊ってもまだ余裕がありそうなほど広々としたダンスホールが用意され、その横には楽器を持ったたくさんの人々がずらりと控えていた。四方の壁の一角には背の高い窓がいくつも並び、そこから出られる広々としたバルコニーからは篝火《かがりび》の灯された美しい庭園が一望できた。

　その大広間の最も奥まったところにこの帝国の皇帝ヴィルフリートが座る席が用意されている。その前には皇帝に一目挨拶しようと、舞踏会の出席者である貴族たちが長い列を成していた。会が開かれてしばらく経つが、その列は徐々に伸びており、最後尾に並んだ者は皇帝に目通りが叶《かな》うまでかなりの時間がかかるのではないかといった様相を呈している。

　皇帝らしいどっしりとした椅子に座ったヴィルフリートは次々と現れる貴族たちににこりともしないで淡々と挨拶を受け入れていた。それでも形通りの言葉ではなく、来る者に合わせてかける言葉は少しずつ違う。

　リアナは後方の控えた位置に立って品の良い笑みを顔に貼り付けたまま、それをじっと見ていた。

　皇妃ではないリアナは当然、その隣に並ぶことは許されない。それでも挨拶の場に同席させられているというのは、ヴィルフリートがリアナを側妃として認め、好んで傍に置いているという印象を存分に周りに与えることとなる。そうやってアピールして虎視眈々と皇妃の座を狙う令嬢を牽制するためにリアナはここにいるのだ。

正直、長い時間ずっと同じ表情を保っているのはなかなかしんどいものがある。途中から頬の筋肉が引き攣り出していた。リアナはそれに耐えながら意識を前に向ける。現れる貴族たちの顔を頭に叩き込んでいるのだ。レーヴェンガルドの貴族たちの数はハックワースの比ではない。有力貴族たちのことについてはある程度覚えたが、まだまだ完璧とは言えない。今後のために貴族たちの特徴や話す内容などを少しでも覚えようとリアナは余念なく集中力を保ち続けた。

やっと挨拶の列が途切れると、ヴィルフリートは身だしなみを整えることを口実に一旦、奥に下がった。リアナもそれについて、一緒に用意された部屋に戻る。

「疲れただろう。すぐに出なければならないが少し休め」

侍従が下がり、束の間、二人きりになると、ヴィルフリートはソファに腰掛け、首を回してほぐすような動きをしながらリアナに自分の隣に座るように勧めた。

「ありがとうございます」

リアナは恐縮したように微笑みながら、勧められるがままに、ドレスの裳裾を気にしながらヴィルフリートから少し距離を開けてちょこんと座った。最初は座るように勧められても同じところに座るなんてとてもじゃないが恐れ多くて、固辞して立ったままか、座ったとしても隅の別の椅子ぐらいなものだったが、傍にいることを許される時間が長くなるにつれて、二人の間には少しの気安さも出始めていた。踵の高い靴でずっと立っていたから脚が少しだるい。ヴィルフリートの視界から外れたところで、緊張状態から解放され強張りが解けた脚をそっと動かした。

視線を下げて気付かれないようにそっと息を吐くと、隣から視線を感じた。

「足が疲れたか？」

不意に、ヴィルフリートがリアナの方に身体を倒してドレスの裾を少しめくった。

「陛下！」

驚いたリアナが声を上げると、眉をしかめたヴィルフリートの表情が目に入る。

「こんなに踵が高い靴を履いているのか」

「これぐらい普通でございます」

「そうなのか」

元の位置に身体を戻したヴィルフリートは、眉間に手を当てて揉むような仕草をしながら口元をふっと緩めた。

「女は大変だな」

不意に見せたどこか呆れたような笑みにリアナの鼓動がどくんと音を立てた。

ヴィルフリートは人前ではいかなる時でも威厳に満ちた皇帝の姿を崩したりはしなかったが、ひとたびその体裁を解くと、その人となりは驚くぐらい飾り気がなかった。

常日頃から二人の間にこういった空気が流れている訳ではないが、たまに覗かせる恐らく本来の彼に近い態度はその度にリアナの胸を落ち着かなくさせた。

戦狂いの皇子――これは彼の皇太子時代のあだ名で、ひとたび剣を握れば、戦場ではその苛烈さから敵兵ならず味方までも彼を恐れたという。本来の気性は恐らく荒いはずだ。部下への態度からそれが垣間《かいま》見える瞬間もごくたまにだが目にしたことがあった。そして、皇帝の時の彼は施政者として他をよせつけない、人よりも一段上ったところにいるような感がある。

しかし、その裏側で触れたヴィルフリートは気を使われることを厭う、さっぱりとした人となりをしていた。そして、ごくたまに見せる飾らない笑みがどこか少年っぽさを感じさせてリアナの心を跳ね上げた。

しかも、そんなヴィルフリートの一面を見ることができる女性は今の状況ではリアナだけなのだ。現在、リアナ以上にヴィルフリートの近くにいる女はいない。そのことに心が浮き立つものを感じた時、リアナは自分の気持ちにありありと気が付いてしまった。

いつも、皇帝としてのヴィルフリート以外の部分を探している。一緒にいる時は全神経が彼に向いていて、新たな一面を見つけ出そうと躍起になっている。

そして、それが叶うと心がこれ以上ない喜びで満たされた。

もっともっと素の、ありのままのヴィルフリートが見たくて、その思いには際限がない。

そういった気持ちを制御することは難しかった。それは全て、リアナの無意識下で行われていたからだ。それに気付いてしまってからは、その場面に遭遇する度に、ヴィルフリートへの気持ちを思い知らされた。

「そろそろだ。行くぞ」

隣で立ち上がったヴィルフリートがリアナを振り返る。ぱっと顔を上げたリアナは慌てて立ち上がろうとしたが、踵の高い靴のせいか思ったよりもたついてしまった。すっと傍に来たヴィルフリートがリアナの顔を覗き込みながら腕を取る。

「やっぱり、無理をしているのではないのか」

ヴィルフリートに引き上げられながら立ち上がったリアナは逸る心を抑えながら精一杯取り澄ました顔を保った。

「いえ……ありがとうございます」

その時、ヴィルフリートを呼びに来た侍従が外側から扉を開けた。

そちらに向かって歩き出す彼の横に並んだリアナは自分を支えるかのようにさりげなく腰に添えられた手に、頬が緩んでしまうのを抑えられなかった。

【6】

王城で開催される舞踏会の最初のダンスは皇帝から始まる。同伴者であるリアナは当然そのパートナーを務めなければならない。

広いダンスホールの真ん中にヴィルフリートに手を取られて歩み出る。楽団の奏でる音楽にのせて二人はステップを踏み始めた。

逞しい彼の腕がリアナの腰を支える。その力強さにヴィルフリートがリアナの足を気遣っていることが感じられた。皇帝であるのにただの側妃の足などを気にかけてくれている。ただちょっと疲れただけだと言うのに。このような、たまに見せる彼のふとした優しさに勘違いしてしまいたくなる。

でも、だめだ。

リアナはその手の温もりを振り切るようにしてダンスに集中しようと意識を切り替えた。

目線を上げると、きゅっと口元を引き締めたヴィルフリートが目に入った。皇帝として公の場に立っている時の彼は威厳を保つためか、あまり表情を緩めない。もともと鋭い目つきであることも手伝って怖い印象を人に与えることも少なくないが、今はダンス中ということもあってかリアナと目が合うと、その目元をわずかに緩めた。と同時に、腰に添えられた手にぐっと力が入る。

これはもっと自分に身を委ねてもいいということだろうか。

その行動が単純に嬉しくて、リアナは胸に痺れるような引き攣りを感じたかと思うと不意に涙がこみ上げてきそうになった。

皇太子時代から様々な女性と何十回、何百回とダンスをしてきているのだろう。そのリードは完璧に近い。どんなにダンスが下手な人間だろうとも、彼をパートナーにすれば大抵は上手に踊れるだろう。

例えば、自分みたいに。

リアナはレーヴェンガルトに来るまで、ほとんどダンスを踊ったことがなかった。一応、踊れはするけれど、訳ありの王女だと認識されていたリアナとダンスをしたがる人間などいなかった。

今は影で練習を重ねたおかげでやっと何とか見られる程度にはなっていた。

自分の感情を抑え込むかのように視線を下げ、ダンスに集中して黙々と足を動かしていると、ふと音楽が途切れた。一曲目が終わったのだ。お役御免とばかりにヴィルフリートに手を引かれてホールを去る。入れ替わるように他の者たちも踊り出すのを横目で見ながら、二人はひとまず壁際へと避けた。

「陛下。何か飲まれますか？」

すかさずリアナが声を掛けると、ヴィルフリートはどうしようかというように軽く首を傾けた。

「リアナはどうする」

「私はどちらでも……陛下のお好きなように。席に戻りますか？」

「いや、座っているのは退屈だからいい。あっちへ行こう」

ヴィルフリートの手が腰に回ると、それに押し出されるようにして二人は並んで歩き出した。

皇帝の行く先を阻む者はいない。自然と前にできるスペースを真っすぐに歩いた。すると、ヴィルフリートが先程目線で指し示していた場所に到達する前に、二人の前にすっと出てきた者がいた。

「陛下。素晴らしいダンスでした」

「ブラッドリー」

「リアナ姫は本日も大変お美しい」

「ありがとうございます」

その男はにこりともせずに淡々と通り一遍の挨拶を述べた。ヴィルフリートも表情を変えずにそれに応える。相変わらずの無表情。さすが氷の皇子とあだ名されているだけのことはあるとリアナは心の中で独りごちた。

ブラッドリーは、この国の第二皇子であった。現在は皇弟といった立場である。

皇帝であるヴィルフリートとその皇弟ブラッドリーが向かい合うと、場の空気の温度がぐっと下がったように感じられた。これはいつものことで、二人の間には大体冷え冷えとした空気が横たわっている。

ヴィルフリートとブラッドリーは犬猿の仲と言われていた。それもそのはずである。

二人は皇子時代に熾烈な皇位争いを繰り広げていた。他の皇族やそこに名を連ねる姻戚関係の者たち、更にはそれを取り巻く貴族たちをも巻き込んで、その渦中には様々な謀略が渦巻いたという。

二人の他にも第三皇子がいるが、第一皇子のヴィルフリート、第二皇子のブラッドリー、そしてその下に二人の皇女がいて、末子が第三皇子となる。ブラッドリーと第三皇子のクレメンスは年齢が十離れていて、まだ幼いという理由から次代の皇帝候補は自然とヴィルフリートとブラッドリーに絞られていた。つまり最終的にはこの二人の一騎打ちだったのだ。その背景を聞いただけで争いの熾烈さは想像に難くない。

ブラッドリーは冷たいと印象そのままの作り物めいた怜悧な顔をヴィルフリートに向けると、何でもないことのようにその言葉を紡いだ。

「リアナ様を少しお借りしても？」

その言葉に思わず眉根が寄ってしまうのをリアナはぐっと押し留めて取り澄ました表情を保った。

「なぜだ？」

隣にいるのでその表情を伺うことはできなかったが、恐らく彼の表情も少しも変わりはないだろう。

「今をときめく皇帝唯一の側妃、リアナ様を紹介してほしいという貴婦人たちの要望がございまして」

そう言って、ブラッドリーがちらと向けた視線の先には、華やかなドレスを纏った女性が二、三人、扇子で顔を隠しながらちらちらとこちらを窺っていた。

リアナはそちらをさり気なく見やりながら、扇子の隙間からちらと見えたその顔と自分の頭の中にある貴族たちのリストを照らし合わせて、一生懸命その正体を把握しようとした。

あれはブラッドリーの取り巻きの貴族の奥方たちではないだろうか。

その考えにひどく憂鬱な展開が予想されてダンスで感じた夢の時間から急に低いところに落とされたような心地になった。体に何かがのしかかったような訳もない重苦しさを感じる。

「……わかった。許可しよう。リアナ、行って挨拶を」

「はい。行って参ります」

しかし、リアナは自分のその感情はおくびにも出さずに軽やかに返事をすると、ヴィルフリートに向かって控えめに微笑んだ。ヴィルフリートはその視線を受け止めて軽く頷く。その目の中には一切の感情も浮かんでない。

そのことにはっきりとした絶望感を覚えた。視界が昏《くら》く歪む。リアナは静かに軽く瞬きをすると、次いでブラッドリーに向かってにこりと笑いかけた。

「殿下。よろしくお願いいたします」

ブラッドリーはその笑みに応えることはなく、わかったというように鷹揚にうなずいた。そして、リアナが腕を取りやすいように自分の肘を上品な所作で持ち上げた。するとリアナの腰に添えられていたヴィルフリートの手がするりと離れる。そのことで諦めのような感情がリアナの心に湧き上がった。一歩足を踏み出して、ブラッドリーに近づきながらもさり気なく最後にヴィルフリートの方を窺うと、その目はもうこちらを見ていなかった。

ブラッドリーに連れて行かれることの意味をヴィルフリートはわかっているはずだ。今までも同じようなことがあった。そこで、リアナがどんな目にあっているかなんて誰の目にも明らかなのだ。でも、ヴィルフリートはそれを止めたことはない。

そこを突き詰めて考えるのはよくないことだ。

今までに何度となく繰り返した考えをまた懲りもせず反芻《はんすう》しながら、リアナはヴィルフリートから離れた。

【7】


ブラッドリーは貴婦人たちにリアナを紹介すると、自分はさっさとその場から去っていった。

リアナは貴婦人たちに連れられて、大広間の一画に設けられた休憩スペースのようなところに置いてあるソファに腰を下ろす。

「リアナ様は南方諸国にあるお国の出身なのでしょう？」

隣に腰を掛けた自分よりかはやや年上の雰囲気を持つ、赤いドレスを着た貴婦人が上品な笑みを浮かべながらリアナに話し掛けてきた。Ｌ字型に配置されているソファの別の並びに座っている他の二人の貴婦人も興味津々といった眼差しをリアナに向けてくる。

リアナは控えめな笑みを浮かべながら、自分を取り囲むように座っている貴婦人たちを順番に見やった。

「ええ。ハックワースという国ですの。何もない小さな国ですが……」

「まあ、そんなご謙遜を。陛下の目に留まった未来ある前途有望なお国ですのに」

「どんなところなのですか？　わたくし、レーヴェンガルトから出たことがないので、ぜひ教えていただきたいわ」

「ええ、わたしくもぜひお聞きしたいですわ」

喋《しゃべ》る間も与えられずに口々に話し掛けられて心の中で苦笑しながらも、それに返答しようと、リアナが口を開いた、その時だった。

　リアナが座っている位置のちょうど真後ろにあたる方角から、まるでこちらの会話を遮るようなタイミングでひと際大きな話し声が聞こえてきた。

「陛下はまたあの側妃を連れてらっしゃるのね」

「いまいちぱっとしない方なのに、どうしてあそこまでご執心なのかしら」

「あら、ご存知ないの？　鉱石のおかげよ」

「鉱石？　どういうことですの？」

「あの方の国は価値のある鉱石がたくさん採れるらしいわ。要はその採掘や取引の権利を餌に側妃の地位を手に入れたって訳ですの」

「まあ、それじゃあ、陛下に気に入られて召し上げられた訳では……」

「そんな訳ないですわ。だってあの方は……」

「あら、なんですの？」

　そこで、クスクスと笑い声が続いて会話は一旦途切れた。リアナは開きかけていた口を閉じて、もう一度、自分を取り囲んでいる貴婦人たちを見やる。

　彼女たちはうっすら笑いを浮かべて興味深そうにこちらを見ていた。聞こえてきた会話に対して特に気にした様子もない。ただ、その視線は冷え冷えとしていた。その雰囲気からリアナはやっぱり、と思わずため息をつきそうになった。

　この貴婦人たちは後ろで大きな声で噂話をしている女性たちとグルなのだ。そう察すれば、この後の展開はなんとなく予想できた。

「何かご存知なの？　お聞きしたいわ」

「貴女こそご存知ないの？　有名なお話よ。あの側妃の方は国元では隠された姫と呼ばれていたそうよ」

「隠された姫？　それはなんですの？」

「忌み子としてお生まれになったらしいわ」

「忌み子？　初めて聞きましたわ。なんですの？」

「レーヴェンガルトでは信じられないけれど、あちらの国では双子は忌み子として恐れられるらしいの。それで、一緒に生まれた兄の方だけ残して、あの方はどこか違う場所でひっそりと育てられたらしいわ」

「まあ。それじゃあ……。王女としてお育ちになってないの？」

「ちゃんとした教育をお受けになってないのではないかしら」

「よくそれで、陛下の側妃に……」

「ええ。驚きでしょ？　陛下も鉱石と引き換えに大変な方を押し付けられたわよね」

なんて白々しい茶番なんだろう。

リアナはそれをどこか呆れた心持ちで聞いていた。

それはこの国にきて、自分の素性が暴かれると、散々取り沙汰されたことであった。

この女性たちが言っていることはすべて正しい。それに対して反論するつもりも、否定する気なども毛頭ない。今までこのことを影で言われるだけには及ばず、時には面と向かって引き合いにだされて、嘲笑されてもきたが、どんなに馬鹿にされてもリアナはただ曖昧な笑みを返すだけで何かを言い返したことは一度もなかった。

リアナは兄のリカルドと共に双子として生まれた。しかし、ハックワースでは双子は忌み子として、タブー視される風潮があった。田舎で狭い風土のハックワースは、考え方が閉鎖的なところがあり、子供は一度に一人しか生まれないという固定観念から、珍しい存在の双子は良くないことの前兆として恐れられた。王家は手元で育てるのは一人だけにすることを決め、当然、世継ぎになり得る男児のリカルドがそれに選ばれ、リアナは王宮から離れた人少ない地で必要最低限のお付きの者に囲まれてひっそりと育てられた。しかし、十四の時にリカルドが流行り病で亡くなったので、突然、王家に戻されたのだ。リカルドの死は周囲から大層嘆かれたが、リカルドの下には弟である第二王子も生まれていたので、世継ぎに関しては問題はなかった。リアナはそこから王族としての教育を受け直して三年、やっと公務が務まるぐらいになっていた頃に、ヴィルフリートと出会い、レーヴェンガルトに来た。

これがハックワースで誰かに尋ねればすぐにでも知ることのできる、生まれてから今までのリアナの生い立ちであった。特に隠し立てしていないので、誰でも、ハックワースに至っては国民全員が知っていることであった。

ヴィルフリートの側妃になるにあたって、側妃と言っても自分はただのお飾り的な存在に過ぎないのだろうと思ったのは、これが原因の一つでもあった。調べなくてもすぐにわかることなのである。

ヴィルフリートも当然、そのことは承知で召し上げたのだろうとは思う。小国の王女と言う、レーヴェンガルトの皇帝に比べて遥かに格が低い上に、曰くつきの生い立ち。王女としての身分から政治的な取引材料にされることはあっても、こんな自分が何かを望まれるなんて思ってもみなかった。

「どうなさったのかしら?」

黙ってしまったリアナを促すように隣に座っている貴婦人が声を掛けてきた。

「ご気分でも?」

リアナの些細《ささい》な感情の機微をも見逃さないというように、じとりとした目がこちらを向いていた。他の二人の貴婦人もリアナをじっと見ている。後ろで噂話をしていた女性たちもリアナのことを窺っているだろうし、恐らくこの付近にいるすべての招待客の目がリアナに注がれているといっても過言ではないだろう。

レーヴェンガルト帝国皇帝のただ一人の側妃。それはリアナが生きてきた中では想像もできないほどの嫉妬や羨望、怒り、悲しみ、僻《ひが》み——とにかくありとあらゆる負の感情が向けられる対象となるものだった。

【8】

「なんでもありませんわ」

リアナは先ほど聞こえてきた噂話も、そしてそれを聞いて不自然に黙ってしまったことも、まるで何にもなかったかのような態度でにこりと微笑んだ。

「みなさまが期待するほど大したお話はできませんの。なんせ何もない国ですから。鉱山があるぐらいですわ。聞いてもきっと退屈でしょう」

そう言いながら一切の動揺も出さないよう注意深く表情を作る。感情を隠す術は心得ているので、上手く振る舞えているはずだった。

この国に来てからリアナはもうずっと試されている。あの手この手でリアナを潰そうとして、それにどう対処するかを見られている。潰れてしまえばもうお終い。恥をかかせてそこから引きずり落とし、公の場に出られないようにして、皇帝の隣からどかす。足の引っ張り合いだ。今行われているこれもその類のことだった。

そして、それを率先して行っているのが皇弟のブラッドリーだ。ブラッドリーは度々、リアナを窮地に落とし入れたり、困らせるようなことを仕掛けてきている。ヴィルフリートの目の前でもお構いなしだ。リアナはブラッドリーの意図が読めなくてその行動を不気味に思って慎重に対応していた。ブラッドリーがリアナを排除できたとしてもあまり得をすることはない。

ブラッドリーが忌々しく思っているのは敵対していたヴィルフリート自身のはずで、その側妃を虐めてどうしようというのだろうか。それとも、ブラッドリーはヴィルフリートがリアナに寵を与えていると本気で思っていて、ヴィルフリートお気に入りの側妃を虐めることで間接的に彼を苦しめようとしているのだろうか。だとしたらとんだお門違いだ。――そんなことは絶対にないのだから。

「まあ、陛下にとってはそんなことは些末な問題ですわね」

後ろに座っている女性がその時、ひと際大きく声を発した。それに釣られるようにして、合いの手を打っている女性がクスクスと笑う。

思ったよりも反応が悪いリアナに対して、多少焦れているような様子がわずかに感じられた。そのことにリアナは良くない兆候を覚えた。

「まあ、そうですわね。誰がお傍にいようとも陛下のお心が動くはずはないわ」

強く発せられた言葉に、リアナの身体がわずかに強張った。次に言われることの予想がついたからだ。

――やめて。

表情はひとつも動きはしなかったが、リアナは心が軋むのをはっきりと感じた。思わず耳を塞ぎたくなるのを、冷静な頭が懸命に抑える。

――そのことは言わないで。

次に言われる言葉はわかっている。でも、聞きたくない。

「陛下には秘密の恋人がいらっしゃるもの。もう……ずっとね」

一瞬で心の中を真っ黒い感情が覆いつくしたのがわかったが、リアナはそれ以上言われることを止めるかのように素早く口を開いた。

「そう言えばバセット伯爵家ではカルナの方に別邸を建てられたとお聞きしましたが、そちらにはもう行かれましたの？」

まるで何も聞こえていないかのような無邪気な笑みを装いながら隣に座る貴婦人へと顔を向けたリアナに対して、その貴婦人は虚を突かれたかのように目を瞬いた。

「え……あ、ええ」

「カルナはとてもいいところだとお聞きしましたが、どんなところですか？」

バセット伯爵夫人は動揺したことを悟られないようにするためか持っていた扇子を広げて口元を隠した。

「……ええ、そうですわね……近くに、湖がありまして、そちらの風景がとても素晴らしい眺めですわ」

「まあ、湖。それはいいですわね」

リアナは親しみをこめて笑いを投げかけた。

「ありがとうございます。……それにしてもリアナ様はよくご存知で」

今日初めて話したはずのリアナが自分の詳しいことを知っていることに、夫人は驚きを隠せないようだった。どうやら話題をすり替えるのは上手くいったらしい。こういう時のためにリアナは話したことのない人たちでも自分に関わってきそうな様々な貴族の内情を出来る限り頭に叩き込んでいた。

「それだけ話題になっているということですわ」

ねえ、みなさま、と他の二人に同調を求めるように笑いかける。リアナの視線を受けた二人はわずかながらもたじろいだ様子で目線を逸らし曖昧な笑いを口元に浮かべた。

「ルイーズ様、ね」

またその時、リアナが聞きたくない名前が耳に入ってきた。反射的に扇子を持つ手に力が籠る。

「陛下はルイーズさまにまだご執心なのかしら」

「それはそうに決まっているわ。そんなにすぐには忘れられないのではないかしら。だってお二人は古くからの仲なのよ。陛下もさっさとルイーズ様と婚約なされればよかったのだわ。そしたらあんなことには……」

「ルイーズ様が離縁されて、ということにはならないのかしら」

「まだお子がいないし、あり得るかもしれないですわね」

「でも、ルイーズ様が嫁いだのはパパーレ公爵家ですわよね。陛下といえどさすがに離縁させるのは難しいのではないかしら」

「わたくしは人知れずまだお二人の仲は続いていると思いますわ」

それ以上は聞いていられなかった。ボロを出す前にさっさとこの茶番を終わらせるべきだ。リアナは表情を崩さずにできるだけ優雅な所作でゆっくりと扇子を開くと口元にあてながら、適当な理由を探すために辺りに視線を彷徨わせた。

その時、向こうからやってきた一人の令嬢と目が合った。相手はリアナににこりと笑いかけた。

「リアナ様。こんなところにいらっしゃったの。ご紹介したい人がいらっしゃるの。少しよろしいでしょうか」

「ソフィア様。もちろんでございますわ。みなさま、申し訳ないのですがちょっと失礼させていただきます」

リアナはこれ幸いとばかりににこやかに辞去の挨拶を告げると席を立ち、その令嬢と連れ立ってその場を抜け出した。令嬢が促すままに大広間をしばらく歩いて離れたところまで来ると、柱の物陰に隠れるようにして二人は顔を見合わせた。

「リアナ様ったら、また意地悪されていたの？」

周りを慮《おもんぱか》ってコソコソと話し掛けられた言葉にリアナは苦笑いを浮かべた。

「……ソフィア様が来てくれて助かったわ」

その言葉にソフィアと言われた令嬢は大きな瞳をくるりと回した。

「もう！　様はなしっていつも言ってるのに！」

「じゃあ私もリアナって呼んでいただけると嬉しいわ」

「あら、陛下の側妃様を呼び捨てになんてできないわ」

「じゃあ私もソフィア様ってお呼びするしかないですわね」

「もう！　……じゃあ、リアナ……」

ソフィアのよく動く表情が面白くてリアナは思わず、くすりと笑ってしまった。

その笑いに面白くなさそうに唇を尖らしかけたソフィアはすぐに相好を崩して自分も笑いを漏らす。

二人はひと時、クスクスと笑いあった。

ソフィアはブルーム侯爵家の令嬢で、リアナが今までの人生の中で初めてできた、友人と呼べる存在だった。

リアナは自分に友人ができることなんて想像もしていなかった。しかも様々な思惑が渦巻くレーヴェンガルト社交界でなんて。そこは誰にも心を許してはいけない世界だと思っていた。

ソフィアは令嬢の中でもかなりの変わり者だった。デビューしなくてはいけない年齢を過ぎてもギリギリの猶予まで社交界に出ることを引き伸ばして、領地の中に籠って過ごしていたらしい。ブルーム侯爵領は豊かな自然に囲まれた王都から西へと遠く離れた場所にある。ソフィアはブルーム侯爵の一風変わった考えの影響もあってか、その自然の中を駆け回ってのびのびと育ち、そこで馬に乗ったり、花や作物を育てたり、領内を自由に見て回ったり、およそ令嬢らしからぬ暮らしをしていたとのことだった。煌びやかな社交界にもドレスや宝石の類にも全く興味はなかったらしい。しかし、年頃も過ぎてさすがに体裁が悪いとしぶしぶ王都に出て来て社交界に顔を出すようになった。

リアナがソフィアを初めて見た時、彼女はまだまだ社交の場に慣れていなくて少し浮いていた。そして、少々たちの悪い男に捕まって誘いを断れなくて困っていたところを見かねてリアナが声を掛けたのが始まりだった。普段のリアナはそんなことはしない。リアナだって社交界に顔を出すようになってまだ日が浅く、自分のことでいっぱいいっぱいだ。しかし、いかにも不慣れな様子がどうにも捨て置けなくて、気付いたら以前からの知り合いのような風を装って話に割って入っていた。もしかしたら彼女にどこかで仲間意識のようなものを感じてしまったのかもしれなかった。

　そこからすぐに仲良くなった訳ではもちろんないが、ソフィアの裏表のない性格に触れ、無邪気な笑顔に接するうちに、段々と心を許せるようになった。皇帝の側妃なのに、小国の王女という微妙な立場のリアナなど、普通の令嬢だったら親しくしたくはない存在だろうに、ソフィアはそんなことは全く気にしないで接してくれた。それがただ単純に嬉しかった。

　ひとしきり笑った後、ソフィアは急にふと表情を引き締めた。

「そう言えばさっきのご婦人方ってブラッドリー殿下の取り巻きの貴族の方だったんじゃないかしら？　殿下はやることが段々ひどくなってきてらっしゃるような気がするわ。もう！　リアナをこんな状況に置いて、陛下はなにをやってらっしゃるのか……」

　きゅっと眉を寄せたソフィアは厳しい顔つきで目を細めたが、そんな表情をしていても彼女はとても愛らしかった。

　美しい金の髪にキラキラと輝く大きなサファイアのような瞳。自分とまるで正反対の容姿から発せられた言葉は、リアナの心に少しだけ暗い影を落とす。

「陛下はとてもよくしてくださっているわ。困っていることがあれば助けてくれるし……」

「小物から助けてもらっても意味はないわ。だってリアナは大体のことは自分で対処できるじゃない。でも、ブラッドリー殿下に対してはそうはいかないんじゃ……」

「いいの」

リアナは少しだけ強い口調でその言葉を遮った。

「私は平気だから」

別に強がりではなかった。リアナは本当にそう思っていた。ソフィアに安心してもらうために笑みを浮かべる。その顔を見てソフィアは何とも言えない表情になった。

社交の場に出れば、大なり小なり嫌がらせをされたり、陰口を叩かれる。それは小国の、しかも訳ありの育ちの王女が分不相応な皇帝の側妃になったのだから仕方のないことだった。

ヴィルフリートが傍にいる時はさすがにそんなことは起こらないし、彼は例え傍にいない時でも、それとなく監視の者を置いてくれているような配慮はしてくれた。あまりひどいことをしようとしてくる者たちには陰で牽制もしてくれているようだった。それは、直接的ではなくても守られているということで、そんなことをしてもらえると思っていなかったリアナはその気遣いを嬉しく思っていた。しかし、そうやってリアナに気を回してくれる一方で、ブラッドリーに対してだけは違っていた。ブラッドリーがリアナに仕掛けてくることからはヴィルフリートは一切守ってくれなかった。

そして、ヴィルフリートには昔から恋仲だと噂されている相手がいた。その女性の名はルイーズ・パパーレ。レディントン公爵家の出で、現在はパパーレ公爵夫人。パパーレ公爵と連れ立って舞踏会に参加しているその人をリアナも何度か目にしたことがあった。

プラチナブロンドで澄んだグリーンの瞳を持つ、とても美しい女性だった。ヴィルフリートとは幼少の頃から親しく、早くからお似合いだと言われ、ヴィルフリートの婚約者の第一候補だったらしい。二人は年頃になるに連れて、人前ではなく人気のない場所で会話を交わしている様子を目撃されることが多くなった。その様子を見た人たちがルイーズを当時第一皇子だったヴィルフリートの秘密の恋人と呼ぶようになり、二人は婚約寸前と思われていた。

しかし、ある時、突如ヴィルフリートが他の侯爵家の令嬢との婚約を発表した。その婚約期間中にルイーズもパパーレ公爵と婚約、そしてすぐに婚姻を結んだ。その後、ヴィルフリートがその侯爵家の令嬢との婚約解消を発表して、更に時を同じくしてその侯爵家が失脚したことから、ヴィルフリートが侯爵家の策略にはまって娘との婚約を取り付けられていたことが明るみになった。そのことで、二人は一転、政略に仲を引き裂かれた悲劇の恋人たちと呼ばれるようになったのである――これが、リアナが社交界に顔を出すようになってから何度なく耳にし、時にはわざと聞かされる羽目にもなったヴィルフリートのロマンスにまつわる噂話の全てだ。無理やり仕組まれたとされるこの時の侯爵令嬢との婚約のせいでヴィルフリートはますます女性を遠ざけるようになり、よりルイーズへの思いを強くして、自国の令嬢たちを拒否するようになったと言われている。

しかし、リアナはこの件について、ヴィルフリートから直接何かを聞いたことはなかったので真偽の方は定かではなかった。

ルイーズの件は、事の真偽がどうであれ、耳にすればリアナの心を沈み込ませた。今日だってそうで、それはヴィルフリートの心がリアナに向くことはないと思い知らされるからであったが、本来それはリアナが気にしてはいけないことだった。

（心を動かしてはならないと決めたはずなのに、また動揺してしまった――私は一体何をしているんだろう――）

ヴィルフリートの心が自分になんて向くはずがないのに。

愛さないと言われているのに。

そして、自分はあの時確かに、心得ていると答えたはずなのに。

わきまえられるつもりであったはずなのに――。

決して崩れるはずがないと思っていた心はすでに覆されてしまっていた。ブラッドリーからは守ってもらえないと落胆し、ルイーズとの噂に心が乱される。しかし、それを態度に出すことは絶対にあってはいけないことだ。

(陛下との約束は絶対に違えてはならない。そのためには、自分の役割に徹しなければいけない)

リアナはもう一度、自分の中に立てた誓いを強く思い出した。そして、自分の中に燻《くすぶ》っている思いが表に出てこないように、綺麗に折りたたんで、心の奥深くに押し込めた。

【9】

舞踏会の会場である大広間までは賑わいが続いていた。楽団の演奏する音楽の調べと共にダンスホールでは未だに多くの人々がステップを踏み、別のところではたくさんの招待客たちがお喋りに興じている。

ヴィルフリートは取り囲んでいた貴族たちとの会話を上手い頃合いで切り上げると、何か目的でもあるかのような顔をして、人々の合間を縫って大広間を横切り、バルコニーへと出た。

多くの人間の相手をしたせいでさすがに疲れを感じる。広いバルコニーを人気のない方へと歩き出すと、彼の警護を担当している騎士が意図を察してすかさず人払いを行う。

ヴィルフリートはテラスの端に佇む、ある一人の男へと声を掛けた。

「ジェラルド」

「あれ？　陛下？」

ジェラルドと呼ばれた男は近づいてくるヴィルフリートを認めると、人の好さそうな笑みを浮かべた。

「陛下も休憩？」

「ああ」

「今日も大人気だったもんね」

「ただのごますりだ」

ヴィルフリートは吐き捨てるように発すると、手を当てて首の筋を伸ばしながら軽く息を吐いた。

それを見たジェラルドの顔に浮かんでいた笑みが苦笑いへと変わる。

「疲れてるね？　よくまあ相手にしていると思うよ。僕だったら勘弁」

「レディントン公爵家の次期当主が何を言ってんだ。お前のところだって相当な数の人間が挨拶に来るだろうが」

「そうだけど……。皇帝陛下に比べたらそんなの全然だよ」

この男、ジェラルド・レディントンはレディントン公爵家の嫡男で、ヴィルフリートとは幼少の頃から旧知の間柄であった。レディントン公爵が国の重臣を務めていたせいもあってか、ジェラルドは幼い頃からよく王城に連れられて来ることが多く、年齢の近いヴィルフリートの遊び相手を務めていた。二人はその時から幼馴染として付き合いを続け、皇帝と公爵家嫡男という肩書を越えて気心の知れた仲になっていた。

「今日はリアナ姫は？　一緒じゃないの？」

「ダンスが終わったところで早々にブラッドリーに連れて行かれた」

「えぇ？　またブラッドリー殿下？　……いい加減止めてあげなよ。勘違いしてるんだよ。相手をさせられるリアナ姫が可哀《かわい》そうだよ」

ジェラルドの批判めいた言葉にヴィルフリートは眉をひそめた。

「ブラッドリーは……手が掛かるからな。他の者たちのように簡単にはいかない。下手をすると余計にややこしくなる。いい。リアナは上手く対応できている。しばらくはこのまま勘違いをさせておく」

淡々と言い切ったヴィルフリートにジェラルドは肩を竦《すく》める。

「冷たいな……だったらもうこのままリアナ姫でいいじゃん。意外と気に入ってるんじゃない？　あの娘、すごいよね。貴族たちのあしらいがなかなかのものでびっくりしたよ。この国のこともすごい勉強してるし、何を言われても動じないし」

その言葉に、ヴィルフリートは今度は表情を険しくさせた。

「ああ……正直、こんなに上手くリアナが立ち回れるとは予想外だった……」

ジェラルドは訝し気にヴィルフリートを見た。

「え？　なにその顔？　いいことじゃない。何か問題でもあるの？」

「もっと……何と言うか、素朴な娘だと思っていた」

ヴィルフリートはこの前の外遊でいくつかの国を見て回っていた。その外遊には様々な目的が含まれていたのだが、その中には、皇妃候補として側妃に召し上げてもよさそうな他国の姫たちを見繕うための目的も入っていた。

ハックワースは最初に挙げていたリストには入っていなかったが、鉱山のことを聞いて途中で立ち寄ってみたところ、早急に手を打たなければいけないことが判明したので急遽《きゅうきょ》、その国の王女を側妃候補のリストに加えることとなった。

他にも挙がっていた側妃候補たちは実際に条件を確認したり、本人の資質を見たりした結果、期待外れな者が多かった。それに、ハックワースは難しい問題を抱えていた。レーヴェンガルトとしてもそれを捨て置くことはできなかった。鉱山の採掘や取引の権利に介入できることは、長きの戦により荒れ果ててしまった国境沿いの土地を整えるために、これから多くの資金を必要とするレーヴェンガルトにとっては魅力的な話ではあったのだが、実際のところ、性急に取引をしなくてはならなくなった最も大きな原因はハックワースの隣国のオールデンだった。このまま、事を見過ごしてしまってオールデンにハックワースを乗っ取られる事態となれば、ハックワース鉱山から得られる鉱石を糧にしてオールデンは大きな力をつけることとなるだろう。もし、その結果軍事大国にでもなられたら、レーヴェンガルト帝国の脅威となり得る可能性があった。それを懸念したヴィルフリートはハックワースをレーヴェンガルトに取り込むことを決めた。すると、そのためにはハックワース王女——リアナを側妃にする必要があると周囲の者に説得されたのだった。

ヴィルフリートは皇太子時代から、妃や側妃を娶るように何度も周りから進言されていた。しかし、国内の貴族令嬢たちに対してはそれまでの経験から不信感や嫌悪感があった。それでも皇帝として必要だと感じる者がいれば娶ったのであろうが、今のところ特にそういう事情もない。ヴィルフリートはその進言を無視していたが、周囲の者たちも世継ぎのためだと譲らない状態が続いていた。とりあえずその声を一旦静めるためにも、リアナを側妃にすることは丁度よかった。

「素朴ってどういうこと？　リアナ姫は気が強そうなところがいいって言ってたじゃない」

そこでジェラルドは一旦言葉を切って考え込むように眉間にしわを寄せた。

「ほら……なんだっけ。あ、そうそう、賊に襲われた時に小さな剣ひとつで立ち向かおうとしたんだっけ。女性の身でそれはすごいよね。普通はそんなことできないよ。僕だって無理かも」

その言葉で、ヴィルフリートはリアナを初めて見たときのことをまた思い出した。

あのような状況でも取り乱すことなく、泣いて助けを乞うこともせず、一人で立ち向かおうとしていたリアナ。強い意思の光が煌めく瞳に、凛とした横顔。まっすぐ伸びた背筋。

「……そうだ。リアナなら側妃となって五月蝿い女どもを蹴散らせるのではないかと思った」

あの勇ましい姿を目にした記憶からこの女ならば自分の側妃が務まりそうだと思ったのは確かだった。

どうせ側妃にするなら、傍に置くことで皇妃の地位を狙って擦り寄ってくる女どもを少しは静かにさせるような存在となってほしいが、皇帝唯一の側妃となれば、相当なやっかみを受けることは間違いない。見繕ったリストに載っていた他国の姫たちはどれもそれに耐えうるような性格には見えなかった。しかし、賊に一人で立ち向かおうとしたリアナであれば、例えどんなことを言われても耐えうる強い心持ちを備えているのではないかと思った。

その一方で、利発さや機転、所作についてや、気品などは望めないだろうとも思った。リアナは育ちに特殊な事情を抱えていた。隠された存在で、王族として育てられていない。王族や貴族の子女は、幼い頃から、マナーや所作はもちろんのこと、社交においてどう立ち回ればいいのかというのも仕込まれる。また、場数を踏むことによって経験を積んで学んでいくということだってある。すぐに身に付くものではない。

でも、別にそのことについては気にしていなかった。むしろ、何も知らない素朴な娘の方が腹の探り合いなど面倒なことをしなくてよいので、傍に置いても気が楽なのではと思った。ヴィルフリートは最悪、上手く立ち回れなくても側妃として隣に立っていてくれさえすればいいと考えていた。

「うーん、じゃあさ、それで言ったら今のところリアナ姫は合格なんじゃないの？　令嬢方を上手く牽制しているじゃない。別に素朴じゃなくてもいいじゃん。何をそんなにこだわっているの？」

ヴィルフリートはジェラルドの顔を見ると自嘲気味に笑った。

「……腹の中で何を考えているかわからないような女はコリゴリだ」

【10】

ジェラルドは驚いた顔でヴィルフリートを見た。

「……もしかしてまだジルのことを引きずっているの？」

「ジルは……お前だってよく知っていただろ。あんなことをすると思ったか？」

「いや。あのジルがヴィルを嵌《は》めて皇太子妃になろうとしたなんて、今でも信じられないよ」

「そうだろ」

ジルは侯爵家の娘だった。ジルもまた、幼い頃から王城に遊びに来ていた。ジルはブラッドリーのすぐ下の妹である皇女と同年だったが、お転婆な性格もあってか年上であるヴィルフリートやジェラルドたちの遊びの輪にも時折混じっていた。ヴィルフリートもジェラルドも彼女のことをよく知っていた。

ジルは年頃になっても令嬢たちの噂話の輪や足の引っ張り合いに混じることもなく、そこからいつも一歩引いているような振る舞いをしていた。そんな彼女は同年の令嬢たちの中では明らかに浮いていたが、その嫌味のない性格に、ヴィルフリートの周りでは彼女に好意を持つ者も少なくなかった。ヴィルフリートもジルのことは好ましく思っていた。

ある日、ヴィルフリートは舞踏会の最中に気分が悪そうにしているジルを見かけた。気付いたからには捨て置くことはできずに声を掛け、別室に連れて行き休ませると、ジルはしばらく傍にいてほしいと頼んできた。意外な申し出にどうしようかとそのまま様子を見ている間に、ジルが気を遣って侍女に持ってこさせた飲み物に口をつけた。すると、そこでヴィルフリートは意識を失った。そして、目覚めると一糸まとわぬ姿で同じく裸のジルと寝台の上で横になっていた。

そこで、ヴィルフリートはジルに嵌められたことに気付いた。信じられないほどの速さで二人が一夜を共にしたという噂が社交界に広がり、処女であることが婚姻の絶対条件である貴族令嬢の貞操を奪ってしまった事実にヴィルフリートはジルと婚約を結ばなくてはならない事態に追い込まれた。

これが、ジルでなければヴィルフリートは当然、もっと警戒したはずだった。昔からよく知っていて、そしてあの性格。ついでに言えばそれまで、侯爵家に黒いところもなかった。ヴィルフリートはジルのことをある意味で信用していた。警戒すべき女性たちのリストに彼女を載せていなかった。

不意を突かれて対応が後手に回ってしまい婚約を発表せざるを得なくなったが、だからと言ってそのまま大人しく手をこまねくヴィルフリートではなかった。この無理矢理結ばされた婚約を無効にするために侯爵家を裏から徹底的に調べ上げ、罠を仕掛けて失脚させた。

そして、同時にジルとの婚約を解消した。その結果、侯爵家は社交界から姿を消した。

「まあ、あんなことがあったら女性を信じられなくなる気持ちはわかるけどさ、じゃあ、リアナ姫のことも何か疑っているってこと？」

「リアナは……完璧すぎる」

その言葉にジェラルドは訝し気にヴィルフリートを見つめた。

「え？　どういうこと？」

「リアナは、小さい国の出身だ。ハックワースはお世辞にも栄えているとは言い難い。田舎の、特に何もない国だ。そして、その中で王家とは関係のないところで育てられた。人気のないひっそりした地に隠されていたと聞く。そんな存在がちょっと教育を受けただけであんなに上手く立ち回れるものだと思うか？」

ヴィルフリートはリアナに一応、側妃として知っておいた方がいいことを一通り学ばせた。マナーや所作については、さすがに基本的なことはできるみたいだったが、国によって違っていることもある。それを踏まえてレーヴェンガルトの形式のものをこれも一通り教え込むように手配した。側妃として上手く振る舞えなくても予備知識があるとないとでは心構えが全然違う。泳ぎも教えずにいきなり大海に放り込むのではすぐに溺れてしまうが、泳ぎ方を知っていれば何とかなることもある。

とは言え、それは付け焼き刃の教育だということはもちろん承知していた。その教育をいくら熱心に受けたからと言ってすぐにどうこうなるものではないだろう。とりあえずだけ一通りのことをして社交界に連れて出ることとなったが、随所にフォローの体制も整えていたつもりだった。リアナに望むのはとにかく潰されてしまわないこと――それをリアナの心持ちだけで乗り切らせるのは酷で、陰から出来得る限りの支援をする心づもりではあったのだ。

「それは……まあ、確かに言われてみればちょっと不自然かもね」

「ちょっと？　ちょっとどころではない。大いに不自然だ。だからブラッドリーにも勘違いされたのだ」

ヴィルフリートはきっぱりと言い切った。その言葉にジェラルドは首を傾げる。

「リアナ姫には何かあると？」

「リアナが国元で隠されていた時期のことを調べさせた」

ヴィルフリートは始めの頃はリアナのことを特に怪しんではいなかった。表情の出ない硬い態度は緊張のためだと思っていたし、慣れない場所で一生懸命馴染もうとしている様子も見て取れた。閨では可哀そうなくらい慣れていなかった。その様子はヴィルフリートにとってむしろ好ましいものですらあった。

しかし、社交界に出てしばらくすると、その状況は変わってきてしまった。リアナは自分の経歴以上に上手く立ち回り過ぎてしまった。そして、ヴィルフリートもそれを見過ごせなくなってきてしまっていた。

「……それで？　何か出てきたの？」

真剣な目で見つめるジェラルドに対して、ヴィルフリートは首を振った。

「何も。と言うか、まだ調査中だ。ちょっと調べたぐらいでは何も出てこない程、その時期の詳細がない。たぶん巧妙に隠蔽されている」

「え」

ジェラルドは驚いたように瞳を見開いた。

「あの国にしては不自然なほどに、な。それまでも他のことでハックワースのことは色々と調べさせたが、どれも割合に簡単に情報を得られた」

「……と、いうことは……」

「リアナは何かを仕込まれながら育てられている。王女としての教育もたぶんきちんとされているだろう。だから、立ち回りの術を知っている。だが、それらはすべて秘密裡になされている」

まるで事務的な報告をしている時のような抑揚のない声で話すヴィルフリートを見ながら、ジェラルドは忙しなく瞬きを繰り返した。

「で、でもさ、それっておかしくない？　リアナ姫が側妃になったのはヴィルがたまたまハックワースに立ち寄ったのがきっかけでしょ？　そんな、あるかどうかもわからない話のためにリアナ姫に何かを仕込ませて育ててきたってこと？」

「たぶん、オールデンのためだったのではないかと俺は考えている。ハックワースには王女はリアナ一人しかいない。いくら忌み子として王家で育てられなかったといっても、政略の材料にできる王女を隠して飼い殺しにするのは勿体無い《もったいな》いだろう。オールデンからの干渉を防ぐためにリアナを何かに使おうと思っていたのではないか」

「ああ……」

薄目になって小さく言葉を漏らしたジェラルドは腕組みをしながら眉を寄せた。

「でも、レーヴェンガルトの庇護があればそれはもう必要ない……だから？　折角《せっかく》仕込んだんだから、それを有効利用して何かを企んでいると？」

「まあ、折角だったら皇妃にでもさせたいと思うのが普通だろうな」

「なるほど……」

「リアナはたまにハックワースからの使者と会っている」

そこでジェラルドは小さくため息をついた。

「それは……厄介だねぇ」

その言葉にヴィルフリートは眉をわずかに寄せて頷いた。

「まったくだ。だから女は面倒なんだ」

「それで、これからどうするつもり？」

「この話はまだ俺の想像の域を出ていない。裏付けが不十分だ。とりあえず、調査は続けている。そのうちそれで裏付けが取れるかもしれないが、まあ俺は俺でリアナの腹を探るしかない。向こうの意図がわかればある程度は手を打てる」

「リアナ姫には今のところ何か兆候はあるの？」

ヴィルフリートはその問いに顎に手を当てて考え込むような素振りをみせた。

「今は……特にないな。向こうもまだ様子見かもしれない」

「うーん、リアナ姫はなかなかぼろを出さなそうだね」

「まあ、こちらも出方を考えなくてはいけないな。今も色々と試してみてはいるが」

「なんか……がっかりだよ。リアナ姫はいい子そうな気がしたのに」

「女なんてそんなもんだろ」

吐き捨てるように呟いたヴィルフリートをジェラルドは何とも言えない目で見つめた。

【11】

ちらちらと帰る人も出始め、舞踏会も終わりに近づきつつある頃、リアナは大広間の隅に目立たないように身を寄せていた。

あれから、ソフィアと楽しくお喋りをしながら束の間ほっとする時間を過ごしていたリアナであったが、活発な社交の場である舞踏会ではそんな時間も長くは続かない。何となく見覚えのある顔に声を掛けられ全く知らない顔を紹介され、そこで例えどんな会話がなされようと笑みを保ち続ける。そんなことを繰り返してさすがに疲れを感じたリアナは人の目に留まらないように目立たぬ場所を探して人知れず息を吐いた。

誰とも目を合わせないように下を向いて大理石の床を見つめていると、ふと近くに人の気配を感じた。

「やっと、見つけた」

顔を上げると、柔からな笑みを浮かべるソフィアがリアナの顔を覗き込んでいた。

「オルエッタとマリベルには会った？　二人がリアナとまだ話してないって探してたわ」

また気を遣って会話をしなくてはいけないのかと若干うんざりしていたリアナは、声を掛けてきたのがソフィアとわかって安堵の笑みを浮かべた。

「いいえ。まだよ」

「じゃあ、こっちに来て」

ソフィアはにっこりと笑うとリアナを促して歩き出した。

「あ、リアナ様」

ソフィアについて人の合間を縫ってしばらく歩くと、視線の先に現れた二人の令嬢がリアナに笑みを向けてきた。

「マリベル様、オルエッタ様も。挨拶が遅れてごめんなさい」

リアナは足早にその二人に近づき笑みを返す。先程まで浮かべていた愛想笑いとは違って、自然と頬が緩んだ。

オルエッタとマリベルは二人ともソフィアからの紹介で出会い、親しくなった者たちだった。

ソフィア、オルエッタ、マリベルの三人は社交界へのデビューの時期が一緒で、それぞれ違った理由で社交界で浮いてしまい、浮いている者同士自然と一緒にいることが多くなったという。

マリベルは公爵家の令嬢だが、人見知りであまり社交が得意ではない。公爵家の末娘で両親や年の離れた兄弟からやや過保護気味に育てられたということもあって、あまり外界に触れずに社交界のデビューを迎えてしまった。社交の場ではその性格から誰かが傍にいないとだめで、公爵家ともなると身内の者は挨拶や会話に忙しくて常にという訳にもいかず、他に頼れる人を探していたマリベルは顔見知りの中でも話しやすいソフィアやオルエッタとよく一緒にいるようになり、仲が深まったという。

オルエッタは本の虫で、社交しているよりは、家で本でも読んでいたいというタイプだ。年頃の令嬢たちとは話が合わず、自然と輪の中に入ることがなくなり、気付けば浮いてしまっていたらしい。しかし、本人はそのことをあまり気にしている様子はない。思ったことは割となんでもズバズバ言うタイプで、少し辛辣なところもあるが、その分気を遣わずに付き合っていける性格で、難しい立場にあるリアナの背景もあまり気にしている風もなく接してくれる。

この頃はリアナにもすっかり慣れた様子のマリベルが可憐な笑みを向けてきた。

「リアナ様はお忙しい身だから仕方ないわ。でも少しでもお話しできてよかった」

「マリベル様は今日はどなたといらっしゃったの？」

「お兄様なの。お父様たちは今所用で領地に戻ってらして。でもお兄様は女の人とお話しするのに忙しいから今日はほとんどオルエッタと一緒にいたわ……でも……」

そこで、マリベルは何かを思い出したかのようにクスクスと笑った。その横でオルエッタは澄ました顔をしている。リアナは首を傾げた。

「あら、どうなさったの？」

「オルエッタって男の方に本当に冷たいんですもの。先ほど声を掛けてきたホルツ伯爵には一回も笑いかけなかったわ。お可哀そうに。早々に去って行かれて」

「ホルツ伯爵は目つきが不躾すぎる。あれはマリベルを狙っているとみたわ。マリベルを守るため私は盾になったのよ」

「どう見てもあの方はオルエッタしか見ていなかったわ」

二人の会話が面白くてリアナはクスクスと笑いを漏らした。隣でソフィアが堪えきれなかったように盛大に吹き出す。

「ソフィア様ったらそんな大きな声で笑われて」

「だって、いつ聞いてもマリベルとオルエッタの会話って面白いんですもの」

和やかなムードのこの気取りのない友人たちの前ではリアナも警戒心を解くことができる。どこから攻撃を受けるかわからないリアナにとって戦場のような社交界の中において、唯一、ほっとできる場であった。

「そういえば、リアナ様」

ひとしきり笑った後、マリベルがその可愛らしい顔でにこやかにリアナを見た。

「お兄様に聞いたのだけど、陛下はもうすぐ、ネールの地に行かれるそうね」

無邪気な口調に釣られて口元を綻ばせていたリアナは、言葉の意味を理解すると、わずかに瞳を翳《かげ》らせた。一瞬、返答に迷い口を噤んだが、すぐにまるで気にしてない素振りを装う。

「あら、そうなのですか？　ごめんなさい。私あまり詳しくないの。ネールというところは随分遠いのかしら」

マリベルは一瞬、怪訝そうに瞳を瞬かせたが、すぐに無邪気な様子に戻って愛らしく微笑んだ。

「かなりかかるみたいでけっこう大がかりな行程が組まれているという話でしたわ。じゃあ、リアナ様は一緒に行かれないのね？」

リアナは驚いたように瞳を瞬いた。

ネールというのは先の戦争でその舞台となった国境沿いの土地の名前だ。戦が終わりを迎えてから、慌ただしく土地の修復や整備の計画などを進めているという話だったが、おそらくそのために視察を行うということだろう。

　王都から離れたところにあるということもあって、行って帰ってくるだけでもけっこうな日数を要するだろうが、リアナはそんな話があること自体、全く知らなかった。

　どのぐらい戻ってこないのだろう。そして、いつ発つ予定なのか。ヴィルフリートが王城を長い間留守にするというのは、リアナがこちらに来てから初めてになるし、行ってしまえばもちろんしばらく会えないことにもなるのだろう。リアナはその事実に心が暗く沈みそうになるのをぐっと堪えた。そのことを全く知らされていないというのも、ヴィルフリートにとっての自分の存在価値を思い知らされたかのような気持ちになる。

「……そのようなお話はないと思うのだけれど」

　長い視察となれば皇妃などの立場だったら同行することもあるのだろうが、ただの側妃であるリアナにはもちろん、声が掛かる訳がない。

「あら、じゃあ、その間に皆さまでお茶会をしない？　私、公爵家のお庭を一度見てみたかったの」

　ソフィアの明るい声がリアナの淀みそうになる心を救った。マリベルに向かって公爵家の庭園の素晴らしさを小耳に挟んだと話し始めたソフィアは、もしかしたらリアナの心の内を何となく察してくれたのかもしれない。ソフィアは時々、妙に鋭いところがある。リアナとしてはあまりヴィルフリートに対しての感情を周りに悟られたくないところだが、その気遣いは素直に有難く思った。

　リアナはほっと気付かれないように息を吐く。その間に会話は公爵家の庭園の話に移り、そのまま舞踏会が終わる頃までリアナは三人と一緒にいた。

次の日、舞踏会でいつもより就寝が遅くなったにもかかわらず、いつも通りの時間に目覚めたリアナは、まず侍女を呼んで就寝着から普段用のドレスへと着替えを行った。ハックワースでは侍女など傍にいない期間もあったので、一通りのことが自分で出来るリアナは特に侍女を必要としていなかったが、皇帝の側妃ともなればそうもいかない。リアナについている侍女は必要最低限のことしか話さない無口なタイプであったが、リアナにとってはそれがある意味有難かった。

今日は特に予定はないので外出用のドレスを着る必要はない。地味な色合いのドレスを身に付けたリアナは王城の書庫から興味を惹かれたものを片っ端から持ってきたために、部屋の片隅に山積みになっている本の方へと足を向けようとした。

「リアナ様」

その時、いつもだったら召し替えが終わるとすぐに出ていくはずの侍女が躊躇いがちな声でリアナの名を呼んだ。その声に足を止めてリアナが振り向くと、いつもあまり表情が出ないその侍女が珍しく固い面持ちでリアナをじっと見ていた。

「なにかしら」

侍女は言うか言わないべきか悩んでいるような迷いの浮かぶ顔でおずおずと口を開いた。

「昨日、舞踏会で着用されていたドレスですが、少しおかしな点が」

「おかしな点？」

リアナは訝し気に瞳を瞬くと、小首を傾げた。

「見ていただきたいのですが」

「わかったわ」

言葉で説明するよりも実際に見た方が早いということだろう。意図を察したリアナが頷くと、侍女はすぐに続き部屋に消えた。しばらくすると、一着のドレスを手にして足早に戻ってきた。

「こちらです」

ゴソゴソとドレスの布地を探り、特定の場所のところで反対の手に持ち替えると、侍女はある一点を示すようにリアナに差し出した。

リアナはそれを受け取りその場所をじっと見た。一見して何がおかしいのかよくわからなかったが、まじまじとその周辺一帯をよく見てみる。すると、あることに気付いた。

ドレスのドレープ部分にポイントとして縫い付けられていたリボンがなくなっている。それは一定の間隔でついていて、その場所を辿るとぐるりと一周するように配置されていたので、今は手に持っていて全体が確認できないためによくわからないが、着用している時は一つでも欠けるとその空白が不自然に目立つだろう。しかし、それだけだったら何もおかしなこととは言えない。縫い目がほつれて自然と落ちてしまうことだってあるからだ。けれど、そうではなかった。そこは切れ味の良いハサミでも使ったかのように、リボンごとそのあたりの布地がバッサリと切り取られていた。

リアナはそのことに気付いて言葉を失った。

誰かが、リアナのドレスを切り取ったのだ。これはたぶん故意にということになるだろう。

「……昨夜のこのドレスの保管状況は？」

「お召し替えが済んでからはそのまま隣のお部屋に」

隣にある続き部屋はリアナの衣装の保管部屋も兼ねている。この部屋には直接廊下へと出て行ける扉はついていない。リアナの寝室を通らないと、出入りは出来ない造りになっている。そして、この侍女が昨夜、リアナの就寝準備を手伝って退出してから、朝、呼ぶまでは誰もリアナの部屋には入っていないはずだ。リアナの部屋はそれなりに警備の厳重な区画にある。安々と外部からは侵入できない。

そう考えると、このリボンが切り取られたのはこの部屋に戻ってくるより前の可能性が高い。そして最初に着用した際にはきちんとついていたと思う。侍女にもおかしいところがないか見てもらっていたし、リアナは用心深い性格で自分でも鏡で全身をチェックしたから最初からなかったのであれば気付いたはずだ。それはつまり、事が起こったのは舞踏会の最中ということを指している。

その考えにリアナは慄いた。切り取られたリボンがついていたのはドレスの後ろ部分になる。リアナが何かに気を取られている間に後ろからこっそり近づいて素早く事を終えてしまえばやれないことはない。

リアナは落ち着いて考えを纏めようとゆっくりと息を吐いた。

「教えてくれてありがとう。このドレスは一応、目に付かないところに保管しておいてちょうだい」

「かしこまりました」

侍女は一瞬だけリアナの顔に目を留めると、すぐにきびきびとした動作でリアナからドレスを受け取った。そしてそれを持って、また続き部屋へと入っていった。

これがどういうことかと言えば、一番に考えられるのは嫌がらせの類だろう。リアナのことを疎ましく思っている人々が舞踏会にはたくさんいた。精神的苦痛を与えるためにあらゆることをしてその結果、精神を参らせれば願ったりだ。嫉妬からくる女の業は特にやっかいで、リアナも辟易《へきえき》するようなことを平気でやってのける。

それにしてもこんな子供染みたことまでしてくるなんて、レーヴェンガルトの社交界は本当に気が抜けない。もしかしたら、リボンを切り取るなんてことは可愛い方かもしれない。もっとざっくりと布地を切り取ってリアナに恥をかかせることだって出来たのかもしれないのだから。

でも、とリアナはその時ふと思った。

さすがにそんな目立つことをすれば気付かれる可能性も高くなる――。

自分のことを快く思っていない人たちのことをリアナは何となく把握している。笑顔で寄って来ても心の内では何を考えているかわからないというのは当然よくあることなので、判別がつかない得体の知れない人たちにリアナが警戒を怠ることはなかった。そのような人たちを相手にしている時、リアナは特に身辺に気を尖らせている。何を仕掛けられるかわからないからだ。だから、背後に誰かがいてゴソゴソしていればさすがに何らかの違和感を持ったのではないだろうか、とリアナはふと思った。

そのように不審に思ったことはなかったか、昨夜の舞踏会の時のことを一生懸命思い返す。でも、いくら記憶を探ってもそんなことはなかったような気がした。特別な訓練を積んだ人間が気配を消して素早くやればもしかして気が付かないということもあるかもしれないが、こんな子供染みたことをそんな人間を使ってまでやるだろうか？　あり得るかもしれないが、あまり現実味はない気がする。それよりも、何かに注意を引かせてとか、あまり気を使わなくてもいい場面でリアナが気を抜いている隙を狙ったとかの方がよほど――そこまで考えてリアナはふるふると首を振った。

現在の状態では可能性はまだ無数にある。そもそも嫌がらせだと決めつけるのも時期尚早だ。いずれにせよ、いついかなる時も気を抜いてはだめだということだ。

誰がやったのか、またその目的について探りたくてもリアナには調べる術が特にない。これからどうしたら良いのか。まだ他にも何かしてくるだろうか？　対応について考えを巡らせながらリアナは重いため息をついた。

【12】

ドレスの件について、どう対応していくかきちんとした答えは出なかったが、それからの日々は何事もなく過ぎた。ヴィルフリートとは舞踏会から顔を合わせていない。リアナが同伴を求められる予定も特に入っていなかったし、彼が部屋に来ることもなかった。人前に出ることもないので、とりあえずは穏やかな日々が続いたが、ヴィルフリートがネールにいつ発つのかについても、リアナのところに情報が入ってくることはなかった。

リアナは部屋に持ち込んだ本を読んだり、頼んで続けさせてもらっている所作や国に関することについての講義を受けたり、たまには散歩に出たりして毎日を過ごしていた。

話し相手もいない毎日はひどく単調だが、リアナはそんな味気ない暮らしにも慣れていた。いつも仕えてくれる侍女は無口だが、彼女が休みの時なのだろうか、時折代わって来る侍女は朗らかで愛想が良かった。笑顔を向けて体調などを気遣われると少しほっとした。そんな時はたまにはソフィアたちと会って話したいなどとぼんやり考えながらも、何の変化もない毎日にどこか安心したりもしていた。

その日の午後、リアナはふっと読んでいた本から顔を上げた。疲れを感じた目を少しの間閉じて休ませる。そしてまた瞼を開けたリアナは自分の集中力がわずかに途切れたのを感じた。座っていたソファから立ち上がってぐっと背筋を伸ばし、同じ体勢を取っていたため強張りを感じる首や肩の筋肉もついでに動かす。

そうした後、リアナは何かを思いついたようにそのまま足をある方へと向けた。そして、壁際に寄せて置いてあるチェストの前に立った。上体を屈《かが》めて引き出しを開け、そこから一通の手紙を取り出す。開いて中に書かれた文字を目で追うと、無意識に口からため息が漏れた。

それはハックワースからリアナ宛に届いた手紙であった。リアナに面会させるために使者がハックワースを発ったということが書かれてある。それは最初に読んだ時と同じようにリアナの心を憂鬱にさせた。

暗い顔になったリアナは手紙を元のように丁寧に畳んで引き出しに戻す。そして、そのまま奥へと手を突っ込んで、ゴソゴソとまさぐるとおもむろにそこから小さな瓶を取り出した。

瓶の中には透明な液体が入っていた。リアナは指で摘まむようにそれを持つと自分の顔の前まで上げてまじまじとその液体を見た。目線の先で振ってみるとちゃぷんと小さな音がする。その音を聞きながらリアナはじっとその液体を見つめ続けた後、ややぞんざいな扱いでまた元の位置にそれを戻した。


明くる日、リアナは王城の中庭にいた。リアナが予想したよりも早くにハックワースからの使者がこちらに着いて登城し、リアナとの面会を望んでいるとのことだった。面会を申し込まれたリアナは侍女を伴って中庭にやって来た。

ハックワースからの使者はもちろん男性だ。どこか部屋の中で面会すれば、二人きりで話すとい

うことは許されず近くに誰かを控えさせなければいけない。それはそこでなされるすべての会話を近くで聞かれるということで、リアナにとってその事態は避けたいことだった。だから、リアナはハックワースから使者が来た時は面会を中庭のガゼボですることにしていた。

国から使者が来たのは二回目だった。リアナがこちらに来てからまだ一年も経ってない。その中で特に何かがあった訳ではないのに、既に二回も国元から使者が来ているのは少々不自然に感じられるのではないかと思った。リアナは、前回の使者に次に来る時は十分に期間を開けるように言ったのだ。しかし、それは守られなかった。そのことにひどく気が滅入る。

リアナは重い足取りでガゼボへと近づいた。使者は立ってリアナを待っていて、その姿を見ると、深く腰を曲げた。使者はリアナが考えていた通りの人物だった。

「ヒース」

「リアナ様。お元気そうでなによりです」

「あれから、まだそんなに経ってないわ」

リアナがガゼボの中に入ると、二人は立ったまま、会話を始めた。

ガゼボの中には椅子も用意されているが、リアナはそれに座るつもりはなかった。それは必要最低限の会話だけをしてなるべく早くここを立ち去りたいと思っていたからだった。

「私は言ったはずだわ。しばらく来なくていいと。なぜ、来たの？」

リアナは挨拶もそこそこに、非難めいた眼差しを彼に向けた。

ヒースは一瞬だけそんなリアナを目を細めて眩しそうに見た。その目線にリアナの肌がぞわりと栗立つ。

「王の意向です」

「では、王に伝えなさい。これ以上はやめるようにと。不審に思われます」

「かしこまりました」

ヒースは丁寧な態度だが淡々とした口調でそれに答える。リアナは二の句を挟まれないように素早く口を開いた。

「用件はなんです」

「前回渡したものは使われましたか？」

その言葉を耳にした瞬間にリアナの顔がかっと熱を持った。信じられないといったように目を軽く見開いてヒースを見る。ヒースはその顔を見てにやりと笑った。

「その態度だとまだのようですね」

リアナの眉の間に自然と皺が寄った。

「そんなことの確認のためにわざわざ来たの？」

「あなたが側妃としてきちんと務めを果たしているかどうかは我が国にとってとても大切なことです」

「それはここで会話をしたぐらいではっきりとわかることではないし、私は自分の役目のために努力はしています」

「そうでしょう。あなたはとても真面目な方だ」

ヒースは一旦言葉を切ると、驚くほど冷え冷えとした眼差しでリアナを見た。

「でも、あなたが皇帝陛下の寵を得られるとは到底思えない。例えあれを使ったとしてもね」

ひゅっと息を吸い込んだ。鼓動がドクドクと速まっていくのがわかる。リアナは自分を落ち着かせるために意識してゆっくりと呼吸を繰り返した。

「ヒース、言葉を慎みなさい」

しかし、リアナの毅然とした言葉にもヒースは全く意に介した様子はなかった。涼し気な目元を不自然に綻ばせる。

「まさかあなたがレーヴェンガルト皇帝の側妃になるとは……まったくわからないものだ」

「ヒース」

リアナは窘《たしな》めるような色をのせて彼を見た。しかし、その視線を受けてヒースは不敵に笑った。

「王のお言葉です。お前なら必ずや上手くやれる。皇帝に取り入るためにどんなことでもしてほしい」

恭しく発せられたその言葉を聞いた瞬間、リアナは全身の力が抜けそうになった。ひどい虚脱感が急速に心に押し迫り自我が呑み込まれそうになる。足元から何かがガラガラと崩れ去っていくような心地に包まれた。

まさか、自分がまたしてもこんなに期待されているとは思っていなかった。

やっと、やっと解放してくれたと思っていたのに。

「まったく我が王にも困ったものだ。いつまでもあなたに頼る癖が抜けない」

蒼白な顔になったリアナをヒースは嬲るような眼差しで見た。

「でも、あなたも悪いのですよ？　いつも言われた通りにばかりして。まるで傀儡《かいらい》だ……あなたはいつもそうだ。あの時も……リカルド様の時もそうやって」

「ヒース！」

リアナは低く鋭い声を上げた。そして、はっとして辺りを見回す。付いてきていた侍女と一応のために待機している侍従は少し離れたところからこちらを見ていた。抑えた声で話せば恐らく話の内容まではわからないと思うが、ただならぬ雰囲気を出すのはまずい。リアナはさりげなく体をずらして自分の顔が見えない位置をとった。

ヒースはそんなリアナを暗く淀んだ瞳でじっと見ていた。

「ああ、でも、あの時はあなたもそれを望んでいたのでしたね。あなたは隠されていた自分にこれ以上我慢がならなかった。元の場所に戻ることを望まれていた。だから、王の決断に乗ってリカルド様を……」

「ヒース黙りなさい」

リアナが強い口調で話を遮ると、そこでヒースは面白くて仕方がないというようにクスクスと嫌な笑いを漏らした。

「これは失礼しました。あなたにとっては蒸し返されたくない過去でしたね。まあでも、その結果、今の煌びやかな地位が手に入ったのだから、せいぜい励んでくださいね」

無感情さを思わせるどこか虚ろな瞳が、居心地が悪くなりそうなどんよりとした視線をリアナに向けてくる。口元は上がっているのに、その顔はまったく笑っているように見えなかった。

「ヒース……あなた……」

リアナはヒースの異常さに背筋が寒くなった。ヒースはリアナの兄、リカルドの傍仕えだった男だ。リアナが王宮に戻ってからは、今度はリアナの公務の補助をしてくれていた。リカルドのこともリアナのこともよく知っている人間だと言える。

リアナがハックワースにいた頃からその言動におかしなところを感じなくもなかったが、もはやここまでヒースが心を歪ませているとは思っていなかった。その原因の一端は自分にあることはわかっていたが、リアナにはどうすることもできなかった。

でも、このまま彼を放置したらどうなるのか。胸の中に芽生えた不安が急速に膨らんだ。

「どれだけあなたが自分を取り繕って皇帝を誑かせるのか見ものですね」

「ヒース、あなた、おかしいわよ……」

「私は正気ですよ。あなたの方がよっぽど神経がどうかしている」

ヒースは狂気を孕んだ目でひたりとリアナを見据えた。

「早くあなたのその仮面が崩れる日が来るといい」

その言葉にリアナは何も答えられなかった。唇が知らずと細かく震える。呆然とした瞳で自分を見るリアナを認めてから、ふっと目線を下げたヒースがまた視線を上げた時には、その昏い目はどこかにしまい込まれていた。

「オールデンが水面下でウィリアム殿下に自国の王女との婚約を持ちかけてきました」

「え？」

「こちらはますますあなたに頼らざるを得ない状況となっている」

ウィリアムとはリアナの弟でハックワースの現在の王太子だった。

「ご活躍を期待していますよ。私はこのままこちらの王都へしばらく逗留《とうりゅう》する予定となっています。逗留先が決まりましたらまたお知らせします。何か困ったことがありましたら何なりとお申し付けください」

先程とは打って変わった折り目正しい笑みを浮かべたヒースは使者の顔に戻って礼儀正しくリアナに向かって頭を下げた。

リアナはその頭の先をぼんやりと見つめながら大きく揺れ動く心を懸命に押さえ込もうとしていた。

今もたらされた情報についてもっと細かく確認しなければならないことはわかっていたが、その前に受けた言葉に動揺してまともに頭が働かない。ただ、自分の行く末に暗雲が垂れ込めていることだけが容易く思い描けた。リアナはこの状況に押しつぶされまいとするように一瞬だけ瞳をきつく閉じた。

【13】

リアナはヒースとの面会を終えて部屋に戻っていた。すぐに侍女を下がらせるとどさりとソファへ倒れるように座り込む。ひどい疲労感が体を包んでリアナは思わず瞼を閉じた。

ヒースに言われたことが散らばりながらぐるぐると頭を駆け巡る。それに伴って押さえ込んでいた過去がリアナの中で顔を覗かせた。

なにもかも忘れてただ側妃としての役割だけをこなす。今のリアナはヴィルフリートの役に立てればそれでよかった。それだけが現在の自分の存在意義になると信じ、だから愛されなくても関心を持たれなくてもいいと思えた。そして、そうすることで、ハックワースからの期待にもとりあえずは添えていることになると思っていた。

伝えられた父からの言葉は過分な期待を含んでいた。

(お前なら出来るって何？)

私はそんなことは出来ない。ヴィルフリートに取り入るなんて無理だ。取り入って何をしろと？自分の言う事に頷いてもらえるぐらい篭絡するのか。

本当にそんなことができると思っているのだろうか。相手は大国の皇帝だ。無理に決まっている。それに、愛さないと言われているのだ。

やめて——出来ないことを要求しないで。

自分がヴィルフリートを操るぐらい寵を得られるなんて、そんなことは、絶対に起こり得ない。

リアナは瞳を一層きつく閉じた。

そもそも、だ。

彼に愛さないと言われる前から、むしろレーヴェンガルトに来る前からそれは見当がついていたことだ。自分には大国の皇帝に愛されるほどのものは備わっていない。むしろ、過去の自分を知られれば忌み嫌われ、疎まれるだろう。女として愛そうなんて露ほども思わないはずだ。

(お父さまだってわかっているくせに)

努力だけで何とかしろという事か。努力だけではどうにもできないことも世の中にはたくさんあるのに。

なんて残酷な父親なのだろう。それが為政者ということか。

リアナは痛いほど唇をきつく噛み締めた。

(そう言えばオールデンがウィリアムとの婚約を持ちかけてるって言っていたわね……)

一体どうしてそんな話になるのだ。オールデンは諦めてないということだろうか。その干渉から逃れるためにレーヴェンガルトと取引をしたのではなかったのだろうか。

もっと国で上手くやってほしい。なんでもかんでも自分に押し付けないでほしい。

それに情報が少なすぎる。ヒースは明らかにわざと使者としての役割を放棄している。

そうだ。一番の問題はヒースだ。

前回、使者として面会した時も、ヴィルフリートに取り入るために閨で使えといきなり怪しげな薬をこっそり渡してきたりして碌《ろく》なものではなかったが、まだ言動はまともだった気がする。少なくともあんなことは口にしなかった。今回のヒースは明らかにおかしかった。

まるでリアナを憎んでいるような、貶めたいと思っているような――。

(いや、憎まれているのよね。ヒースにとって私は裏切り者なのだわ……)

ハックワースにいた頃からヒースがリアナに複雑な感情を抱いていることはわかっていた。それだけ、仕えていたリカルドの喪失はヒースにとって大きなショックだったのだろう。けれど、どこかで折り合いをつけてくれたのだと思っていたのだ。

しかし、そうではなかった。ヒースの中に巣食っていたものは確実に彼を蝕んでいる――。

(お父さまに手紙を書いてヒースをハックワースに戻してもらわなければならないわ)

確かヒースはこのまま王都に逗留すると言っていた。今の彼はとても危険だ。何をしでかすのかわからない危うさがある。大体、逗留の目的もはっきりと言っていなかった。一体どうしてこちらに留まるのだろうか。

リアナの胸が不安にさざめく。いくら考えても悪いことしか思い浮かばない。

ハックワース国王の意向が絡んでいるのだろうか？　それとも、彼自身の独断なのだろうか。

どちらにしても放っておくことは出来ない。

国王はヒースがただならぬ様子だということを把握しているのだろうか。

(きっと気付いてないわよね……)

気付いていたらさすがに使者にする訳がない。ヒースは父の前では以前と変わらない優秀な臣下を演じて取り繕っているに違いない。

ヒースが伝えてきたことをそのまま信用するのは危険だ。ハックワースの状況や国王の意向ももう一度確認しなければならない。

リアナはソファから素早く立ち上がると、足早に書き物机へと向かった。とにかく降って湧いた懸念が多すぎて、不安が後から後から胸に立ち込め、何かをしないと頭がおかしくなりそうだった。

書き物をする時に使っている道具を引き出しから出して、机に向かう。

国元へ出す手紙はおかしなことを書いていないか内容を確認されているだろうと思う。当たり障りのない内容に言外の意味を含ませて書かなくてはならない。

リアナは額に手を当ててふーっと息を吐いた。そして、集中力をかき集めてペンを取った。


リアナが何とか手紙を書き終えた頃、コンコンと扉をノックする音が部屋に響いた。

書き上げた手紙に視線を落としていたリアナははっと顔を上げる。

「どうぞ」

日中にリアナの部屋に来るのは侍女ぐらいしかいない。ついでにこの手紙を頼もうと折り畳んで封書にしていると、扉がゆっくりと開いた。入ってきたのはやはりいつも世話をしてくれる無口な侍女だった。

「なにかしら」

特に用がない限り、この時間に侍女が来ることがない。来たということは何かしらの用があるのだ。

「本日の夜に陛下がいらっしゃるとのことです」

淡々とした言葉に、わずかに頬がぴくりと動いた。

ヴィルフリートが来る――。

いつもだったら浮き立つものがあるが、今日はそうはならなかった。むしろ、重苦しい感情がじわりと心を満たした。

今のこんな気持ちで自分は上手く対応できるのだろうか。

めいっぱい平静を装って頷いたが、不安で胸が潰れてしまいそうだった。無性に心細くなってリアナは無意識に手の平を握り込んだ。

【14】

その日の夜、リアナは湯を浴びて香油を身体に塗り込み、身なりを整えてヴィルフリートを待っていた。

時間が経って少しは落ち着きを取り戻してはいたが、胸の中を支配している圧迫感はその重さを増したような気がする。

窓辺に立って、いつかと同じように月を見上げる。雲一つない空の中で青白く光る月はとても寒々しく見えた。

リアナはそのままぼんやりと視線を外に向けながら頭の中である記憶を思い出していた。

最初に社交界に連れ出されたのは舞踏会だった。その日、今までの人生の中で着たことも見たこともない高価なドレスを身に纏い、身なりを完璧に整えられたリアナはヴィルフリートの待つ控室に連れて来られて、身体を強張らせていた。さすがに事前に説明はなされていて、心の準備をしていたものの、いざとなると手先は過度の緊張で冷たくなり小刻みに震えていた。そろそろ時間だとばかりに椅子から立ち上がったヴィルフリートはリアナの元まで来て、その緊張ぶりを見て取ったようだった。

「緊張しているのか？」

掛けられた言葉は思いのほか優しい響きを伴っていた。

「大丈夫だ。特に難しいことは求めていない。お前は笑っているだけでいい」

「は、はい」

リアナは懸命に頷いた。躊躇いがちに見上げると、ヴィルフリートはリアナの瞳を見返して少しだけ笑いかけてくれた。

それはあまりないことで、緊張の滲《にじ》む身体が思いがけず緩む。

腰に回された手がリアナをそっと押そうとした時、リアナはヴィルフリートに向かって意を決して口を開いた。

「あの、陛下」

「なんだ」

「本当に、私でいいのでしょうか」

「どういう意味だ」

ヴィルフリートはわずかに眉を寄せてリアナを見た。

「あの……隣に立つのが私で本当にいいのでしょうか。私は、その、王女としてあまり育ちが……」

上手く言えなくて言葉を濁すと、ああ、とヴィルフリートが何かを察したような声を出した。

「隠されていた、というやつか。確かに色々言う者はいるだろうな。気になるか」

「はい、あ、いえ、私はどう言われようともいいのです。事実ですので。しかし、陛下と釣り合いが取れないかと。陛下のご威光をも汚してしまうのでは……」

「俺のことは気にしなくていい」

思いのほか強い口調にリアナは驚いてヴィルフリートを見上げた。ヴィルフリートははっと瞳を瞬かせると、真剣な眼差しをリアナに向けた。

「生まれや育ちは自分ではどうにも出来ないこともある。特に王族として生まれると、ある程度決められた道を歩まねばならない。お前はその中で自分の役割を理解し務めてきた」

リアナは思いがけない言葉に驚いた。何であるのかよくわからない、なにか熱いものがじわりと胸のあたりからせり上がってきて、ヴィルフリートに向ける瞳の表面に急速に膜が張る。それは予期していなかったことで、リアナは自分の感情が把握できないまま、こみ上げるものを堪えながらぼんやりと彼を見上げることとしか出来なかった。

「俺はお前の育ちを聞いた時にそう理解した。恥じることはない。ハックワース王家にとっては必要なことだった。そのためにお前はその道を歩んできた。どの国でも王族は不自由だ。それを理解しないで何かを言う者もいるかもしれないが、相手にする必要はない。そう言われても気になることはあるかもしれないが、少なくとも俺はまったく問題にしていない」

そのきっぱりとした言葉に、リアナは自分の心に長らく沈殿していた澱みみたいなものが全て消し飛んだかのような錯覚を覚えた。リアナの生い立ちや育ちについてヴィルフリートが知っていることはもちろんすべて正確という訳でない。けれど、自分の今までの人生を肯定してもらえたかのような、そんな安心感に包まれた。今までリアナにそんなことを言ってくれた人はいなかった。初めてもらった言葉はリアナの心を驚くほど軽くし、暗いところから救い出されたような気持ちになった。

それ以来、ヴィルフリートはリアナの中ではっきりと特別になった。

そして、それは容易く恋や愛の類に形を変えていった。でも、リアナはその時に誓ったのだ。見返りなどは考えずただ彼に尽くし、務めようと。もちろん彼はリアナを救うためにそんなことを言ったのではないだろう。リアナを社交界に連れ出すにあたって怖気づかないように言葉を掛けただけなのだ。でも、それでも良かった。その時の彼の瞳はとても真剣なものだったし、心からそう思っているであろうということが、なぜだかリアナにはよくわかった。

だから、彼の役に立ちたかった。どんな形であっても傍にいて役立ち、意味のある存在になれば、自分の人生も意味のあるものになるのではないかと思えた。


その時、背後でがちゃりと扉が開く音が聞こえた。リアナの身体がぴくんと小さく跳ねる。

ヴィルフリートが来たのだ。リアナは表情や態度にめいっぱい気を配ってゆっくりと振り返った。

ヴィルフリートはいつも通りの顔で部屋の中に入ってきた。その姿を見ただけで感情が弾けそうになる。理由のわからない、安堵感や高揚感に包まれて胸がいっぱいになった。しかし、次の瞬間にその感情に引っ張られたかのようにずんとした不安感が腹の底からせり上がってくる。

嬉しい気持ちと、不安な気持ち。相反する感情が振り子のように揺れながら、リアナの心を大きくかき乱した。それでもリアナは精一杯気を張っていつもヴィルフリートを迎える時に浮かべる穏やかな笑みを作る。

「お待ちしておりました」

「ああ。待たせたな」

ヴィルフリートは静かな態度で、リアナを寝台に座るように促した。そして、言う通りに寝台に腰を下ろしたリアナの隣に自分もどさりと座る。

リアナの漆黒の瞳を覗き込むように顔を傾けると、わずかに眉を寄せた。

「どうした?」

「え?」

「体調が優れないのか? いつもより顔の色が白く感じる」

リアナは驚いたように彼を見た。部屋の中には灯りを置いていて、ある程度の明るさが保たれてはいるが、ヴィルフリートが自分の顔色を気にして普段との些細な違いを見分けるなんて思っていなかったのだ。

「いえ……特に変わりはありませんが」

「そうか」

そう言いながらもヴィルフリートはリアナから探るような視線を外さなかった。

まさか。まだ会ってすぐなのにこちらの心中の揺れを見抜いたというのか? そんなに自分はいつもと違うのだろうか。いや、そんなはずはない。自分が感情が表に出にくいのは理解している。今日のヒースとの面会のことが尾を引いていたとしても、ある程度は隠せるはずだ。少なくとも、会ってすぐに分かるほど、顔には出ていない。気のせいだ。リアナはすぐにそれを打ち消した。

その時、リアナの視界の中でヴィルフリートの手が動いた。そう思った次の瞬間には、グイッと腕を引かれてリアナはヴィルフリートの腕の中にいた。

されるがままに身体を預けたリアナは目の前に迫った逞しい胸板に視界を塞がれた。馴染みのあるヴィルフリートの匂いが鼻腔の中に入ってきて、ぎゅっと胸が苦しくなる。

例え愛されなくても今はまだこの瞬間を失いたくない。

彼の気持ち一つですぐにひっくり返されてしまうような儚い関係だったとしても、その最後の瞬間まで傍にいたい。

ヒースが何か行動を起こせば、最悪、側妃の地位を失うこともあるだろう。そしてそれは、ハックワースの未来に影響を及ぼす。

リアナはそれを恐れた。今日のヒースの得体の知れなさ、不気味さが怖い。いくら楽観的に考えようとも何かをしでかすのではないかという不安が打ち消せない。

手紙はいつハックワースに届くのだろうか。父はあの手紙でリアナの意図を汲んでくれるのだろうか。ヒースは素直に国に戻ってくれるだろうか。

不確かな未来は安心を与えてくれない。思い描くほどに嫌な予感ばかりが付きまとった。

「リアナ」

咎《とが》めるように名前を呼ばれてリアナははっと顔を上げた。

「心ここにあらずだな。何かあったのか？」

「なにもありません」

リアナは即座に否定した。まずい。閨事の最中だというのに思考が飛んでいた。今はヴィルフリートに集中しなければならない。

そうでなくても、閨で上手く振る舞えていないのに。

不意にヴィルフリートの顔が近付いてきてリアナはぎゅっと目を閉じる。柔らかい感触が唇に落ちて、身を縮めた。

何回か唇を擦り合わせた後、ヴィルフリートは舌を口の中に差し込んできた。リアナの身体が軽く震える。

入り込んできた生暖かい感触がリアナの口腔内で優しく動き回った。歯列や頬の柔らかいところを辿るように触れる度にリアナは体がぴくぴくと動いてしまう。その動きを宥めるようにヴィルフリートの大きな手が背中を撫でた。

【15】

着ていたガウンが脱がされてゆっくりと寝台に横たえられる。リアナの上に覆いかぶさりながらまた唇を重ねたヴィルフリートがどんな顔をしているのかリアナにはわからなかった。ぎゅっと目を瞑《つむ》っていたからだ。リアナはこういう時にどう振る舞えばいいのかまだよくわからなかった。

緊張と羞恥で強張る身体。でも、回数を重ねるごとに性感の拾い方は自然と上手くなってきているものだから、行為が進むうちに段々と身体と心が乖離《かいり》していくような感覚にいっぱいいっぱいになってしまう。

でも、それだけではいけない。ヴィルフリートを満足させなければならない。せっかく閨を共にしてもらえているのだから、彼には気持ちよくなって、気分よく過ごしてほしい。

男の人はどんな風にしてもらうのが嬉しいのだろう。積極的に奉仕する？　それとも身を任せて好きにしてもらう方がいいのか。

表情は？　声は？　仕草は？　身体の力は抜いていた方がいいのか、それとも先読みしてやりやすいように動いた方がいいのだろうか。いつも行き場なくだらんとしてしまう手はどこに置いておくのがいいんだろう。

何もかもがわからなくて、だからすべてがぎこちなくて、上手く反応できなくて情けなくなってしまう。結局はヴィルフリートの与えるものを必死に受け入れる事しかリアナには出来なかった。

胸元に上がってきた手が布越しに先端の辺りを探った。薄い夜着の下には何も身に付けてなくて、見つけられた尖りを指先で押し潰すように擦られるとすぐに勃ち上がってくる。あまり大きくもない膨らみを手の平にすっぽりと収められて、全体をやわやわと揉みしだきながら先端だけを親指の爪先でぐりぐりといじくりまわされると鼻から甘い息が漏れた。

胸の愛撫中にも唇は繋がっていて、散々に舌を絡められている。リアナは喉の奥からくぐもった声を漏らしながらも必死に深い口づけに応えようとヴィルフリートの舌の動きを追おうとしては、一方的に絡めとられて結局は何も出来ていなかった。

身体中の熱が腹の奥に集まってくるような、じーんとした痺れが徐々に疼きに変わっていく。熱情に身体が火照って肌がうっすらとピンク色に染まった。

ヴィルフリートはたっぷりとリアナの口の中を掻き回した後、唇を首筋から鎖骨へと、時折舌を滑らせながら移動させていった。

リアナは口づけで乱れてしまった呼吸を整えるように荒い息をつく。上手く酸素が取り込めなくて苦しかったはずなのに、その息苦しさは嫌でなかった。ヴィルフリートが与えてくれるものは何でも甘受したくなってしまう。

「ん、は……あ、」

手で愛撫されている方とは反対側の先端が夜着越しに舐められた。そのまま口に含まれて、形を確かめるようになぞられると指でされるよりももっと柔らかな刺激がリアナを襲った。ねっとりとしたその愛撫に胸の先に熱が集まった途端、かりっと甘噛みされて思わず身体が跳ねる。

寝台に横たえられた時に太ももぐらいまでまくれ上がった夜着の裾がさらに上へと押し上げられると、そこからひんやりとした感覚が上ってきて、散り散りになりそうな意識を急速に現実へと引き戻した。

下半身も下着は身に付けていないので、夜着を取り払われればそこを覆うものは何もない。即ちそれは、秘めたる場所もすべてヴィルフリートの眼前に晒《さら》される訳でそれに気づいたリアナの意識が身体をぎゅっと縮こませる。裸を晒すのも、秘めたる場所を晒すのも、やはり何度経験しても恥ずかしいし、慣れることはなかった。行為が進めばその感情は徐々に薄れてくるが、最初の瞬間がどうしても恥ずかしくて抑えようとしても正直に身体に出てしまう。

腹まで素肌が暴かれて、武骨な指がさわさわと脇腹を撫でた。その後で、胸への愛撫を一旦中止して軽く身を起こしたヴィルフリートがリアナの夜着を脱がしにかかる。はっとしたリアナは羞恥を堪えてヴィルフリートがそれをしやすいように背を軽く起こしてさり気なく手伝った。取り払われた夜着が脇に避けられると、リアナは胸や秘所を隠したくなってしまう行動を抑えるために敷布をぎゅっと掴みながら、どこに定めたらいいのかわからない視線をただただ彷徨わせる。すると、自分の身体の上にいるヴィルフリートと不意に視線が合った。上気した顔と瞳が潤んでしまっているのには多少なりとも自覚があった。今の自分はおかしな顔をしているのではないかと思い至ったリアナは慌てて視線を下げる。

するると、ヴィルフリートがぐっと身体を倒してリアナに近づく気配を感じた。

「リアナ」

「……はい」

「お前はこの時は全部顔に出るな。何か憂いていることがあるのだろう」

リアナははっとして顔を上げた。至近距離でヴィルフリートと目が合う。間近で見たヴィルフリートの引き締まった顔立ちに思いがけず胸が高鳴った。ヴィルフリートは心の中を覗き込もうとするかのようにリアナの瞳をじっと見ていた。

(顔に出てる……?)

「なにも……ありませんが……」

リアナは動揺を抑えるかのように瞬きを繰り返した。

「本当に？　何も恐れることはない。他には漏らさないから隠し事はするな」

確かに、本格的な房事が始まった後でも、不安に付きまとわれていたリアナの心はまだどこか沈んでいて、いつものように行為に集中できているとは言い難かった。しかし、それを面と向かって指摘されるほど、自分が顔に出していたなんて、リアナにはにわかに信じられなかった。

何もかも見通されているかのような言葉に心臓が苦しいぐらいに激しく脈打つ。

何かに気付かれている？　まさか。そんな事はない。自分の様子がどことなくおかしいから慮ってくれているだけだ。こんな気を回されるぐらい態度に出ていたなんて。大失態だ。

「陛下の、気のせいです。なにも……なにもありません。何事もなく過ごさせていただいております」

リアナは精一杯理性をかき集めて微笑んだ。

「リアナ」

ヴィルフリートの低い声が囁く。

「はい」

「お前の憂いは俺が全て取り除いてやる。俺にすべてを委ねてみろ」

リアナはヴィルフリートから目を逸らせなくなった。ヴィルフリートの瞳は真剣そのもので、まっすぐリアナの心を貫こうとしている。

言われた言葉に耳を疑いかけたが、リアナはすぐにはっと気付いた。

そうか。これは何かの駆け引きだ。ヴィルフリートはリアナの何かを知りたがっている。

何を？　どうして？

真意はまるでわからないのに、その言葉はとても甘くリアナの耳に響いた。この先にどんな落とし穴が待っていようともそれでも構わないと思えるほどに。何をどうされてもいいと思えるほどに。

本当にすべてを委ねてしまいたくなる。

例え自分の身が破滅するかもしれなくても、その誘惑に乗りたくなる。

「陛下……もったいないお言葉でございます。私ごときの憂いなど取るに足らないこと。それごときのために陛下のお手を煩わせる訳にはいきません」

けれど、リアナの口から出たのはその場を誤魔化すための言葉だった。

頭を振り絞って考えた言葉を、なるべく拒絶と取られないように気を付けながら、慎重に口にする。

「……そうか」

一言、抑揚なく呟いたヴィルフリートの表情に特に変化は見られなかった。二人はしばらく視線を合わせていたが、すっとヴィルフリートが動いた。身体を倒したまま、リアナの足元の方へと下がっていく。胴部に近づいたヴィルフリートの顔がリアナの薄い腹に口づけを落とした。

その行為があまりに優しくて、何か大事なものに触れるかのようにそっとなされたのでリアナは驚いた。今のやり取りで下手をしたらヴィルフリートの機嫌を損ねてしまったのかもしれないと思っていたからだ。

柔らかな感触がリアナの肌を何度も啄《ついば》む。それに気を取られていると、硬い指先が太ももの内側を撫でた。

突然の刺激に足がぴくりと動く。柔らかい肉の感触を楽しむかのように上から下、下から上へと何度も行ったり来たりされるとぞわぞわした感覚がそこからせり上がってきて、一旦落ちかけた性感がみるみるうちに高められていった。腹の上で蠢いていた柔らかいものがいつの間にか下腹へと移動し、気付けば脚の付け根へと落ちている。

そこでリアナは気が気ではなくなった。ヴィルフリートの顔が秘所に近すぎる。もちろんこれまでも何度もそこを晒しているが、今までこんなに近くで見られたことがあっただろうか。まだ脚を開いている訳ではないのが救いだったが、見られていると意識すると、そのあたりがじんじんとしてくるような何とも言えない感覚を覚えた。

「あっ……」

そんなことを気にしていると片方の脚をぐいっと開かされた。ゴツゴツした指がピタリと割れ目に沿うと入り口を探って円を描くように動かされた。その動きの滑りのよさは既にそこが濡れ始めていること如実に伝えてくる。恥ずかしさにかっと顔が熱を持ち、リアナはぎゅっと瞳を閉じた。

「ん、ん」

おまけに秘所への刺激に声まで漏れ出てしまう。あられもない声が出てしまうのが恥ずかしくてリアナはそれを抑えようとぎゅっと唇を閉じた。

ぬめる蜜をまぶした指が割れ目を上下に往復し始めた。筋張った太い指には似つかわしくない丁寧な仕草で襞の形を辿り、蜜口をほぐし、花芯を撫でる。おまけに時折かかる吐息でヴィルフリートの顔が股の近くにあることがわかり、リアナの頭は与えられる快楽と羞恥で沸騰しそうになった。

先程、掛けられた駆け引きめいた言葉もあっという間に頭の隅に追いやられる。

「あ、は……ん、ん、んぅ」

高みを知っている身体はもっと刺激が欲しいと膣内を戦慄《わなな》かせる。リアナはそれを抑え込むかのようにぎゅうっとつま先に力を入れた。それでも腰がわずかに動き、蜜が自分でもわかるほど零れ落ち始める。

その時、リアナの花芯を嬲っていた指が離れて、陰唇がぐいっと押し広げられた。ぼうっとした頭のリアナが瞳を開いた時にはヴィルフリートの頭が自分の股の間に埋まっていた。

「えっ」

リアナはその光景に驚いて思わず短く声を上げた。ヴィルフリートは何をやっているのだろう。そう思ったのも束の間、次に襲った刺激にリアナは息を呑んだ。

ぬるりとした感触が入り口に差し込まれたのだ。これは、舌だ。ヴィルフリートが自分のそこを舐めているのだ。

「へ、陛下……！　そ、そんな、おやめ……んんっ」

狭い穴を押し広げるようにぐにぐにと舌を動かされて、言葉が嬌声へと変わった。ヴィルフリートはリアナの動揺にも一切反応せずに、舌を激しく動かし始めた。左右に、上下に中をこそぐような動きで這い回ったかと思うと、舌をそこから抜き、襞の内側をなぞる。それが段々と上がっていき、ついには花芯に触れた。

気持ちがいい。驚くほどに。今までの指での愛撫とはまた違ったねっとりとした生温かい感触は的確に細かく性感を呼び起こす。これは一体なんなのだろう。

秘所を口で愛撫されたのは初めてだった。ヴィルフリートはいつも、自身を挿入する前にある程度時間をかけてリアナを解してくれていたが、リアナはいつもそれを申し訳なく思っていた。

自分が快楽を得ても仕方がない。この行為はヴィルフリートの欲を満たすために行われているはずだった。

そのヴィルフリートに、この国の皇帝陛下に、まさか口を使わせるとは。そこは、排泄のために使われている器官だってあるのだ。恐れ多くて、耐えられなくて、リアナは必死に身体を起こした。

「あ……、おやめください！　そんな、そんなところを」

躊躇いながらもヴィルフリートの頭に手を伸ばす。その時、ぐちゅりと卑猥《ひわい》な水音をたてて、ヴィルフリートの指がリアナの膣口に差し込まれた。

「あ、んっ」

潤んだ中に入り込んだ指は抵抗を阻むかのようにすぐにリアナの腹側の膣壁を押し上げる。そこをぐりぐりと擦られて言葉を紡ぐのが難しくなったリアナは短い吐息を断続的に漏らした。

指で中を掻き回されながら、固く凝った快楽の粒をちゅうちゅうと吸い付かれる。そうすると、リアナは力が抜けて碌な制止もできずにただ喘ぐことしか出来なかった。ヴィルフリートに伸ばした手はいつの間にか彼の髪の中を彷徨い、力を失う。

思考は快楽の渦に呑み込まれ、まともな考えは散り散りに霧散した。

「あぁ……、ん、んぅ、や、だ……、もう、だめっ……」

身体中を襲う甘い痺れが何かを連れてくる。脚の付け根や太ももの内側にぴくぴくと震えが走る。それを知ってか知らずか、いつの間にか二本に増えていた指が今までになくぐちゅんぐちゅんと音を立てて早く出し入れされ、それと合わせたかのように花芯がぐりっと舌先で押し潰されると、リアナの中で膨らんだ高ぶりが爆《は》ぜた。

【16】

リアナは身体を支えていられなくてそのまま後ろへ倒れ込んだ。脱力して寝台に沈み込んだ身は快楽の波に翻弄され、やがてそれがゆっくりと引いていく。その名残りを追いかけながら、ぼんやりと宙を見つめた。呼吸を整えながら頭にかかった靄を追い払うようにゆっくりとした瞬きを繰り返す。

やがてその視界の中にヴィルフリートが現れた。上半身に纏っていた衣類を脱ぎ捨てると、リアナの横に身を寄せて寝転び、覆いかぶさるようにして顔を近付けた。

「リアナ」

リアナは名前を呼ばれて虚ろな瞳をヴィルフリートに向けた。ヴィルフリートの真意がよくわからない。折角気に掛けてもらったのに、それを遠回しながらも拒否してしまって気分を害さなかったのだろうか。その後であんなことまでしてリアナを快楽の縁に誘った。一体どういう気持ちでそんなことをしたのだろうか。何を考えているのか。

もっと深く思い巡らせねばいけなかったが、達した後のふわふわした頭では思考はまとまらなかった。

「何かしてほしいことはあるか？」

いきなり発せられた問いかけの意味がよくわからなくてリアナはわずかに眉を寄せた。思わず訝し気な眼差しになってしまって慌てて瞬きで誤魔化す。

「どういう……意味でしょうか」

「言葉通りだ。俺に強請《ねだ》りたいことはないか」

ヴィルフリートはリアナをじっと見つめながら、ふっと口元を緩めた。大きな手が伸びてきて指先がリアナの髪をゆっくりと梳く。急に甘い空気が流れて、リアナは戸惑った。閨の最中に行為の熱が高まった時に成り行き的な感じでこういった雰囲気になることもごくたまにはあったが、ヴィルフリートは基本的に余計なことはあまり喋らない。もちろん睦言《むつごと》なども一切言わない。行為自体は優しいし、気遣うような台詞を言ってくれたりもするが、ヴィルフリートは多分、この時の女の扱いに長けていて、自分の経験値にのっとって、円滑に行為を行うためにそうしているのだと思っていた。

リアナはどう返すべきなのかわからなくて、途方に暮れたようにヴィルフリートを見返した。強請りたいことなんて何もない。いきなりそんなことを聞いてどうするというのだ。さっきの駆け引きがまだ続いているのだろうか。リアナはそもそもヴィルフリートと駆け引きをするつもりも、そんなことを出来るとも、微塵も思っていなかった。与えられたものは受け入れ、欲しいと言われれば捧げるのみだ。

「女はこういう時に男に何かを強請ったりするものだ。たまには何かを強請ってみろ。今日はそれを叶えよう。望むことならなんでもいい」

その言葉にリアナはひどく驚いた。あまりに驚きすぎて、切れ長の黒い瞳が零れんばかりに見開かれる。

（どういう、こと……？　何で、そんなことをいきなり――）

ヴィルフリートは一体どうしたというのだろう。おかしい。今日の彼はやっぱりおかしい。何か意図があってのことだろうか。出方を窺っている？　自分は何かしたのだろうか――？

リアナの頭は大混乱に陥り、忙しなく瞬きを繰り返しながら、口を開いたり閉じたりを繰り返した。

どういうことか、なんでそんなことを言うのか意図を聞こうと思ったが、いちいち聞いたら疑り深い女だと思われるかと逡巡《しゅんじゅん》する。

ここは素直に、何か適当にドレスや宝飾品の類でも強請るのが正解なのだろうか。もしかしたらリアナの側妃としての務めぶりを認めてくれて労おうとしてくれているのか――？

「どうした。何もないのか？」

ヴィルフリートがくすりと笑いながらリアナの頬を指の背で撫でた。その瞳は面白そうに細められている。その表情を目にしたリアナはあることに思い至ってはっとした。

今は閨だ。そしてまだ行為の途中だ。リアナは達したけれど、ヴィルフリートはリアナをただ愛撫しただけで、自分の性を発散させたとは到底言い難い。現に脚に当たる彼の下半身からは高ぶりが収まっていない様子が伝わってきていた。

強請り事と言えば男性が欲を解き放った後の満足した状態の時に言うのが普通ではないのか？　そのゆったりとした気分に負けて男性側は頷きやすくなるし、女性はそうした効果を狙うだろう。少なくとも参考のために読んでいた小説の類ではそうだったはずだ、とリアナは記憶を探った。ヴィルフリートだって今まで、そんな状況は散々経験してきているだろう。流れはわかっているはずだ。行為の最中で流れを止めるみたいにこんなことを聞いてくるのはおかしいのではないだろうか。

（そうすると、これは……）

強請り事と言っても行為に付随する類のことを指しているのではないだろうか。彼は今までの流れに飽きていて、趣向を変えようと思っているのでは？

確かに自分は与えられるばかりで、奉仕したこともないし、提案したこともない。いつも自分ばかりがしているだけで、さながら人形のようなリアナに面白みを感じなくなっているのではないだろうか。要はやはり飽きたということだ。

そう考えると辻褄の合うこともある。いきなりの口での愛撫。それにこの甘い雰囲気と面白がっているような表情。

リアナは顔に熱が集まるのを感じた。自分が何を言わなくてはいけないのか想像すると、あまりの恥ずかしさにじっとしていられなくなった。寝台の上で手を落ち着きなくそわそわと動かしながら、一生懸命頭を働かせて何をどう言おうか考える。

残念ながら、閨事に関するリアナの知識はあまり豊富とは言えなかった。口淫のことすら、今日初めてされて知ったぐらいなのだから、想像できることはたかが知れている。

「リアナ？」

顔が熱い。嫌な汗までが出てきて、額を濡らす。そんなリアナをヴィルフリートが不思議そうに見つめた。ちなみに、リアナは裸でヴィルフリートは下半身しか衣服を身に付けていない。我に返れば何とあられもない恰好だったのだろう。でも、ヴィルフリートはおそらく淫らさをリアナに望んでいるのだ。よく考えれば、閨でもお堅い女なんて行為の相手としてはまったく面白みがないはずだ。

リアナは意を決してごくりと唾を呑み込むと、まるで自分を守るかのように片手で反対側の腕を痛いぐらい掴みながら口を開いた。

「あ、あの、本当に強請っても……？」

リアナに向けられるヴィルフリートの瞳が眇《すが》められる。その瞳の奥が期待に輝いたように見えた。

「もちろんだ」

リアナはもう一度、口内に溜まった唾を嚥下《えんか》した。目線を合わせていられなくて、ヴィルフリートの口元あたりに視線を定める。顔から火が出そうだった。

「では、陛下の高ぶりを早く、その、私の中にお収めください」

恥ずかしそうにぼそぼそと発せられた言葉を聞いてヴィルフリートの目が大きく見開かれた。呆気にとられたようなその顔を見て、リアナは自分が見当を外してしまったことを察知した。かっと顔に血が上る。

しかし、次の瞬間、リアナの視界の中でヴィルフリートの相好が大きく崩れた。

「ふっ……」

堪えきれないように吹き出され、大きく笑い出したヴィルフリートをリアナはぽかんとした面持ちで見つめた。

そんな彼を見たのは初めてでとにかくびっくりした。可笑しくてたまらないというように身体を起こして笑っているヴィルフリートから普段の皇帝の雰囲気はかけらも漂っていない。飾り気のない人柄だとは思っていたが、ここまで素をさらけ出しているところはさすがに今までにも見たことがなかった。

しばらくは笑い続けるヴィルフリートを唖然《あぜん》として見ていたリアナであったが、しばらくすると、あまりに笑われるので、気恥ずかしさとどこか釈然としない気持ちがないまぜとなって湧き上がってきた。

強請ってみろと言われたから恥ずかしい思いをしてまで言ったのに、いくらなんでも失礼ではないだろうか。皇帝だからって何をしてもいい訳ではないはずだ。

むっとした気持ちが滲み出そうになるのを抑えながら、リアナはわざとつっけんどんに言った。

「……陛下。いくらなんでも笑いすぎです」

「く……はは……すまない……くく」

「陛下、もう笑うのはやめてください。……失礼だと思います」

「ははっ、うくく、……そうだよな」

ヴィルフリートは笑いを止めようとするためか口元を手で押さえた。それでもまた、くく、とそこから笑いが漏れる。

「……私は間違っていたのでしょうか」

仏頂面を隠しもせず不貞腐れた口調でそう問うと、ヴィルフリートはさすがに口元を引き締めた。

「いや、そんなことはない。なかなかよかった。要は、俺が淫らなおねだりをリアナにさせたがっているると思ったのか？」

「……違うのですか？」

「まあ、それでもいい。しかし、リアナは本当に真面目だな」

ヴィルフリートはそう言いながらまたリアナに近づいて、頰を指の背で撫でた。こんなことをされても何となくはぐらされた気分で複雑な面持ちを隠せない。自分のしたことは果たして、本当に正解だったのだろうか。そうだとしたらあんなに笑うのはどう考えてもおかしい。色々と誤魔化されたような気分だった。

訝し気な眼差しになってしまったリアナの髪を撫でてから、ヴィルフリートがふっと笑った。

「……お前はそこがいい」

その言葉に少なからず驚いてしまったリアナの唇に触れるだけの口づけを落とすと、ヴィルフリートはぐいっと身体を起こした。下半身に付けていた衣類を取り去って裸になると、リアナの足元に移動して太ももあたりをついっと撫でた。

「陛下……？」

ヴィルフリートの雰囲気や話し方がどことなくいつもと違っていて、胸が落ち着かない。とりあえずその行動を何も言わずに見守っていたリアナは、さわさわと肌を撫でられてくすぐったそうに身を捩《よじ》った。

「せっかく言ってくれたんだから叶えないとな」

脚が左右に開かれてそのまま立たせられる。リアナの片足を持ち上げたヴィルフリートは太ももの内側に唇を押し付けた。そうしながら空いている方の手を自身の下腹部へと持って行き、そこにあるものを掴んで上下に扱《しご》くような動きを見せる。ヴィルフリートが何をしているのか全く見えていないリアナは秘裂を撫でられて脚をぴくりと動かした。すると蜜口に指が差し込まれる。

「んっ」

「……大丈夫そうだな」

確かめるように中でぐるりと回った指が蜜を掻き出すようにして引き抜かれた。腰を抱えられるようにして引き寄せられて陰茎の先端が割れ目に擦りつけられる。

「入れるぞ」

「……はい」

その行為を拒む理由はなかった。位置を定めるようにして切っ先が入り口にあてがわれ、ゆっくりと中へと沈み込んでくる。痛みはさほど感じなかったが、大きな雄が入り込んでくる度に圧迫感がリアナをじわじわと苛む。

「はぁっ……」

大きく息を吐いて、リアナは異物感から逃れようとした。その隙を突いて、ヴィルフリートがぐんっと腰を進める。隘路を押し広げるように入ってくる雄が全て押し込まれると、密着している部分が脈打っているかのような錯覚を覚えるほど、じんじんとした痺れがそこから立ち上った。

ヴィルフリートは軽く息を吐いた後、ゆっくりと律動を始めた。ギリギリまで引き抜いては最奥へと押し込む。それをじれったくなるような速さでするものだから、あっという間に大きな屹立《きつりつ》に慣れたリアナの蜜路はぎゅうぎゅうと中を満たすものを締め付け始めた。

「ん、ん……んぅ」

手の甲で口を押えて、息を短くしてもその合間に声が漏れる。浅ましく揺れる腰を大きな手の平が包んで更に彼の元へと引き寄せられた。

ヴィルフリートが繋がったままリアナの上に身体を倒す。顔が近付いて吐息が頬にかかった。鋭い眼光から放たれる眼差しは欲に塗れていて、それを見ただけでぞくぞくしたものが背中を駆け上がった。

「リアナ、舌を出して」

リアナの口元から手をどかした後に、ヴィルフリートの唇が近づいてきた。それに釣られるようにリアナはそろそろと舌を外に出す。ヴィルフリートはそれを唇で包み、上下に挟んでゆるく擦った後、ゆっくりと吸った。

その刺激で喉の奥からくぐもった声が漏れ出る。そのままねっとりと舌を絡めながら、中を雄の膨らんだ先端で擦り上げられると、加速度をつけて熱情が膨れ上がっていく。リアナはたまらなくなってヴィルフリートの背中に手を回してその逞しい身体に縋り付いた。この快楽が支配する刹那的なひと時の中にいつまでも弛《ゆる》んでいたいような気持ちだった。不安をかなぐり捨てて、なにもかも忘れて、ヴィルフリートに支配してもらえればどんなにか心地がいいだろう。

ヴィルフリートは唇を離した後も、リアナのあちこちに口づけを落としながらしばらくそのままで腰を動かしていたが、不意に動きを止めて上体を起こすと、リアナの両足を肩に掛けて、高い角度からリアナの奥を突いた。その刺激は苦しいぐらいで喉を反らして荒い呼吸を繰り返す。ぎゅっと敷布を掴んでいると、上からヴィルフリートの大きな手の平がリアナの手をすっぽりと包んだ。

「あ、んっ……うぅ、んぅ、んっんっ」

いつの間にか、両の手ともヴィルフリートの指が絡まっていた。その体勢のまま、身動きが取れないぐらいのしかかられて、奥までガツガツと貪られると、まるで見えない檻に囚われているかのような気分になって、甘い痺れが体内を駆け巡る。頭の奥までもが痺れ、思考の輪郭が曖昧になり始めたリアナはただただそれを受け入れた。荒々しく腰を何度も打ち付けていたヴィルフリートは、荒い息を吐きながらやがて奥にぎゅっと自身を押し込み、その勢いのままリアナの中に吐精した。

【17】

行為を終えた後の身体はひどくだるい。ヴィルフリートは一度果てた後にもう一度リアナを求めたので、ずっと揺さぶられていた身体は寝台から起き上がれなくなっていた。頭がひどくぼんやりして、瞼が知らずと下がってくる。ヒースに会ってから色々と思い悩んでいたリアナは精神的に疲れてもいた。隣にヴィルフリートの気配を感じながらもリアナは睡魔に抗えず、ゆっくりと眠りの世界に落ちていった。

リアナはその夜、夢を見た。

それは、眠りに落ちる前の光景がずっと続いているかのような夢だった。

リアナは自室の寝台の上に寝転んでいる。隣には、ヴィルフリートが背を向けて寝ていた。その大きな背中をリアナは夢の中でただただじっと見つめていた。

不意に後ろに気配を感じて振り返る。するとそこにはヒースがいて、リアナを能面のような顔で見ていた。リアナはヴィルフリートの存在も忘れて、慌ててここから出ていくように強い口調で詰め寄った。しかし、ヒースは何も言わず、そこからも動かず、ただただ無表情にリアナを見ている。リアナは何度も何度も、ヒースに出ていくように言い募った。しまいには泣いて懇願した。しかしヒースはずっとそこに存在し続けた。

朝起きた時、リアナはじっとりと汗をかいていた。夢見は最悪だった。いつの間にか着せられていた夜着が濡れていて不快に感じる。事後に裸のまま意識を失ってしまったが、ヴィルフリートが整えてくれたらしい。彼自身が直接そんなことをする訳がないので、おそらく侍女を呼んだのだろう。そのヴィルフリートは既に隣にはいない。これはいつものことなのでリアナは特に気にならなかった。ヴィルフリートは行為が終わった後ですぐに戻ってしまうこともあったし、何度かはそのまま一緒に寝たこともあったが、朝起きると大抵はいなくなっていた。だからリアナはそんなものだろうと思っていた。

すぐに起き上がる気分にはなれず、寝返りを打ってリアナはため息をついた。大抵事後は自分で清めていたが、何もせず、断りも入れずに先に眠ってしまったのは初めてで、そのことにも気まずさを感じた。昨日の自分は失態ばかりだ。ヒースのことを引きずり過ぎていて、今考えると言動に一貫性がなく、行き当たりばったりな対応だったのではと思う。

リアナは昨日の自分を思い出してまた息を吐いた。そして、そこに付随してヴィルフリートの行動や仕草を反芻すると、なぜだか胸が苦しくなった。夢の余韻を引きずっている状態で色々と思い返したせいで朝から疲れを感じたリアナは思考を遮断するかのように目を閉じた。

「陛下。報告が遅れて申し訳ありません。昨日の報告を申し上げます」

ヴィルフリートの前には髪をぴったりと撫でつけた生真面目そうな男が立っていた。やや神経質そうな瞳を瞬かせながら、背筋を正して行儀よくこちらを見ている。

ヴィルフリートは読んでいた書類の束から顔を上げて、面倒くさそうに息を吐いた。

「報告って何かあったか」

「陛下！　忘れたとは言わせませんよ。リアナ姫と使者の件です」

途端に眼差しを強くして口調を厳しいものにした男を見ながら、今度はうんざりしたように眉をしかめる。

「その件は今は聞く気分じゃない」

「陛下！　何という事を！　この件の重要性はご存知のはずでは!?　陛下は本当に……」

憤然として鼻息荒く言い募ろうとする男に向かって、ヴィルフリートは仕方ないといった様子で、はいはいと言って言葉を封じた。

「わかったから。ほら、言え」

男はまったくもう……とぶつぶつ呟いてから、もう一度背筋を正した。

この男マティは、ヴィルフリートの乳兄弟で幼少の頃から長く仕える、ヴィルフリートが特に信頼している側近の一人だった。人を選ぶ秘密裡の調査や謀も任せられて、いつも首尾よく処理してくれるなくてはならない存在だが、その生真面目さ故に心配性が行き過ぎるきらいがあって、口うるさいのが少し難点だった。

「リアナ姫と使者の面会を監視していた者からの報告ですが、二人はただならぬ様子だったそうです」

ヴィルフリートはその言葉を聞きながら頬杖をついてかったるそうに息を吐いた。どこか真剣に聞いてない様子にマティの眉がぴくりと動く。しかし、マティはそのまま報告を続けた。

「やはり、二人は国元で特別な関係にあったのではないでしょうか」

ヴィルフリートは眉を寄せたが、つまらなそうな口調で言葉を返した。

「それは前回も聞いた。で、今回も何か渡していたか」

「いえ、それは確認できませんでした。いやしかし前回のあれは一体なんだったのでしょうね。布のようなものに包まれていたということでしたが。それ以降リアナ姫からおかしな言動は？」

「特にない」

にべもない口調にマティはどこか気色ばんだ様子で口を開いた。

「一度、リアナ姫の部屋を調査してみてはいかがでしょうか。コソコソ渡したりして絶対に良からぬ物ですよ。このまま放置しては……」

「そこまでする必要はない」

ヴィルフリートがきっぱりと言い切ると、マティは納得のいかない様子で不満げな眼差しをヴィルフリートに向けた。それを追い払うようにヴィルフリートは目の前で手をひらひらと振った。

「ほら、早く報告。二人の様子を詳しく話せ」

報告という言葉にマティの背筋がぴっと伸びる。

「はい。二人の距離は近く、コソコソと話している様子で会話は聞こえてこなかったとのことです。リアナ姫はあの場所でいつも面会を行っています。あそこだと何をしているのかが周りから確認できるものの、会話までは聞こえないという絶妙な位置に人を配置できますからね。聞かれてはまずい密談などをしているのではないでしょうか。なんでも、二人は揉めている様子で、姫は悲愴《ひそう》な様子だったとの報告もあります」

「……揉めている……悲愴」

ヴィルフリートが反芻しながらぶつぶつと口の中で呟くと、マティはふんと鼻を鳴らした。

「使者と揉めるなんて普通だったら考えられませんよ。国元で相当親しい仲だったのではないかと推察されます。大方、姫を諦められない男が陛下と枕を共にしているのかとか、嫉妬剥き出しで責めたりしたのではないですか。それでリアナ姫が宥めて……ああ、目に浮かぶようですよ。これは痴情のもつれというものです」

マティはあたかもそれが真実であるかのように流暢に語り、大げさに眉をしかめた。

「……まあ、もしかしたら案外そうかもしれないな」

抑揚のない口調でヴィルフリートが呟くと、マティがおやといった様子でヴィルフリートを見た。

「お認めになるんですか。前回は懐疑的なご様子でしたが」

「その、使者の名前はなんだったか」

そう聞かれてマティは記憶を探り出しているかのように宙に視線を転じた。

「えーと、あ、確か、ヒースですね。ヒース・ワーグナー。調べたらリアナ姫の公務の補佐役だったらしいですよ。まあ傍にいるうちに……という感じですかね」

「ヒースか……」

ヴィルフリートはやっぱりと声には出さずに独りごちた。

それは本日の朝方、部屋を出る時に眠っているリアナの口から漏れた名前と一緒だった。

そのまま何かを思い出している表情でぼんやりと空を見つめたヴィルフリートに目を留めてマティは渋面になった。

「陛下。昨日の首尾はいかがでしたか」

こほんと小さく咳《せき》をして、あからさまに注意を促したマティをちらと見ると、ヴィルフリートは抑揚なく言った。

「特にいつもと変わりない」

途端に呆れた表情になったマティは大きく息を吐いた。

「陛下。わかっているのですか？　リアナ姫に関しては」

マティが小言を言う時のいつもの表情になった時、コンコンと執務室の扉が外側からノックされた。執務机に向かって座っていたヴィルフリートはこれ幸いとばかりにマティに向かって顎をしゃくる。

マティはそれを受けて開きかけた口を閉じて、しぶしぶ踵を返した。扉まで行き、少し開いて用件を確かめると、ヴィルフリートのところに戻ってきてまた口を開いた。

「ジェラルド様がいらっしゃっているとのことです」

「お、来たか。通せ」

「お約束が？　外しましょうか」

「いや。いてもいい。別に約束をしていた訳じゃない。そろそろ来る頃かと思っていただけだ。ただ他に人は入れるな」

マティは承知しましたと言い置くと、また扉のところまで戻って外で待っていた者にヴィルフリートの言を伝えてから、せかせかした足取りで戻ってきて先程とぴったり同じ位置に立った。

もう一度、こほんと咳払いをしてから、手元の書類に視線を戻しているヴィルフリートをじっと見据えた。

「陛下は、リアナ姫に寵を与えないようにと言われているのをお忘れですか？　まだ交渉は続いているのですよ？　それが決着しない限りはリアナ姫をあまりお傍に置かない方が賢明だと思いますが。閨を共にするのも控えられた方がよいかと」

ヴィルフリートは行儀悪く片肘をついて、手の甲に頬をのせていたが、その体勢のまま目線だけを上げると、心底面倒くさいと言ったように大げさに眉をしかめた。

「側妃をとれとか、世継ぎを作れとか言っておいて、いざ側妃にしたら今度は寵を与えるなとか、抱くなとか、子種は与えるなとか、注文が多くてかなわん。その全ての意を汲むのは無理ってもんだ」

「お言葉ですが、その進言はそれぞれ別の立場の、異なる方々からなされたものかと。そのすべてをリアナ姫でまかなおうとするから無理があるのです。愛でる者や世継ぎをもうける者は別の人間をお選びになられれば？　そうすればすべてが上手くいくのではないでしょうか」

マティの几帳面な性格がにじみ出ている返答をヴィルフリートは鼻で笑った。

「また新しく女を選ぶ？　そんな面倒臭い。で、またその女が腹に何かを抱えていたら？　面倒事が増えるだけだ」

マティははあ、とわざとらしくため息をついた。

「陛下。正直に仰《おっしゃ》ったらどうですか」

「……なんだ？」

ヴィルフリートがマティに胡乱《うろん》な目を向けたところで、また扉の外側がトントンとノックされた。マティが振り返って返事をすると、ゆっくりと開いた扉からジェラルドが入ってきた。

「失礼するよ。突然ごめんね。お邪魔じゃなかったかい？」

にこにことした人好きのする笑みを浮かべたジェラルドは、ヴィルフリートの前まで来るとのんびりと挨拶をしてマティが用意した椅子に断りを入れてから腰を掛けた。

「いや、ちょうどマティに小言を言われていたところだったから助かった」

それを聞いてジェラルドはあははと笑った。

「マティ、久しぶりだね」

「お久しぶりでございます、ジェラルド様」

「二人は相変わらずだね。いつも通りで安心したよ。ヴィルに小言を言えるのはマティぐらいだからね」

ジェラルドにお茶を用意するため一旦下がろうとしているマティの背中をちらりと見やりながら、ヴィルフリートはふっと笑った。

「マティは付き合いが長いからな。それで今日はどうしたんだ」

ヴィルフリートが用件を促すと、ジェラルドの表情がわずかに翳った。

「いや、大したことじゃないんだけどさ……ほら、なんかこの前の舞踏会の時、ピリピリしているみたいだったから、気になって」

ヴィルフリートはそれを聞いてにやりと笑った。

「お、なんだ、一応気付いたのか」

「ん？　なにその反応」

「お前がそう言ってくるのを待っていた。レディントン公爵とはあれから話したか？」

急に意図してなかったことを聞かれたせいか、ジェラルドは驚いたように瞳を瞬いた。

「父とかい？　まあそりゃあ、話したけど」

「なんか聞かれなかったか？　俺のこと」

ジェラルドは目を見開いてヴィルフリートを見つめた。

「え……？　まあ、あの舞踏会の次の日にヴィルのことは話したけど」

「リアナとのこと、聞かれただろ。なんて言った？」

ヴィルフリートがずばり聞くと、ジェラルドは一瞬難しい顔をして口を噤んだが、やがておずおずと口を開いた。

「陛下はジルのことで懲りたみたいで、女性を避けている傾向がある。リアナ姫のことも警戒しているみたいって言ったけど……。あ、リアナ姫の育ちに不審な点があるとかは言ってないよ。いくら父と言えど口外してもいいかわからなかったから。……あれ？　警戒していることも言っちゃだめだった？」

気まずそうな表情を浮かべたジェラルドに対して、ヴィルフリートは朗らかに笑った。

「上出来だ」

その顔と言葉を聞いてジェラルドは何かに気付いたようだった。

「あ、……僕のこと利用したね。言ってくれたら普通に協力したのに」

「だってお前、公爵に嘘つけないだろ」

「そうだけどさ……」

ジェラルドは眉を下げて途端に情けない顔になった。

「あの時言ってたことって嘘、だった訳？」

「嘘ではない。ジルで女に懲りたのも、リアナに何かあって探らなければいけないのも事実としてはある。ただ少し、いやだいぶ大げさにしてみた」

「え。なにそれ。どうして」

「だってお前のとこの公爵、リアナに絆されるなって本当に煩いんだよ。そんなことを気にしている暇があるなら、ハックワースとの交渉を早くまとめろってお前からもケツを叩いてやってくれよ」

はあ、と大げさにため息を吐いたヴィルフリートを見て、ジェラルドは何とも言えない困ったような表情を浮かべた。

【18】

　レディントン公爵家は、王家とも縁続きの高位の貴族であり、現レディントン公爵自身も先代の治世の時から重臣を担っていた。世継ぎ争いの際にレディントン公爵家がずっとヴィルフリートを推してくれていたこともあり、ヴィルフリート自身も公爵をそのまま重用した。公爵は過去に外交官としての経験もあり、領地が南よりにあって南方諸国の情勢に明るいということもあって、ヴィルフリートとハックワース国王の間で取り引きの大枠が決められた後、主にレーヴェンガルトからの支援の内容や、鉱山から採掘された鉱石の配分などの細い部分を詰める交渉の責任者を任された。

　レディントン公爵は張り切ってその任を受けたものの、リアナを側妃として迎えるまでには取り決められるはずだったその交渉事は、細かいところの折り合いがなかなか合わずに、結局いまだ締結には至っていない。

　レーヴェンガルトとしては、投資するからにはそれなりの見返りがほしいところだったし、ハックワースとしては、あまりに多くを持ってかれるともはや属国と変わりがなくなってしまう。

　お互いの思惑が絡んで両者が納得する着地点が定まらず、交渉は迷走の一途を辿っていた。

「えーと、つまりは父にリアナ姫と上手くいってない印象を与えたかったと？　それで僕を通して」

「その通り。じゃなかったらあんなところであんな話をする訳ないだろ。人払いしていたのに気づかなかったか？　俺が直接言っても信用しないからな。お前からの又聞きの方が逆に真実味が増すかと思った。まあ、これで少しは公爵も大人しくなるだろ。利用して悪かったな」

「いや、まあ別にいいけどさ……」

ジェラルドの苦笑いのような顔を見ながらヴィルフリートは続けた。

「公爵は交渉がまとまるまで、よっぽどリアナを近寄らせたくないんだろうな。リアナは交渉のことで俺に何か言ってきたこともないし、最初に釘を刺した時からちゃんとわきまえている。リアナの素性があやしい点も公爵はまだ知らないはずだし、そこまで警戒することもないはずなんだがな」

首を傾げたヴィルフリートを見てジェラルドは顎に手を置いて顔をしかめた。

「まあ、父は慎重な性格だからね。交渉を任された時からものすごく張り切っていたし、失敗でもしたら公爵家の沽券《こけん》にかかわるし、不安材料は全部潰しておきたいんじゃないの？」

「……その慎重さが交渉を停滞させているんだが。公爵に任せたのは失敗だったかもしれないな。国のことを考えてくれているのはわかるが、少し要望が高すぎる。公爵はなんとしてでもこちらが有利な条件でまとめたいみたいだが、ハックワースも譲れないところもあるだろう。俺としてはもう少し折れてもいいと思っているのだが、公爵が頑ななんだよな。しばらく様子を見てまとまらないようならちょっと考えようかと思っている。任から外れることに公爵は簡単に頷かないだろうが、交渉を何とかしないと採掘の方が進められない。骨が折れることになりそうだが、お前の方でもそうなった時のために根回しをしておいてほしい」

はあ、とジェラルドは微妙な面持ちでため息をついた。

「……仕方ないね。わかったよ」

それから何かに気付いたかのように顔を上げた。

「釘を刺したときからってリアナ姫に最初に何か言ったの？」

「公爵に交渉がまとまるまでは寵を与えないでほしいと頼まれたから、それをそのままリアナに言った。まあ交渉のことまでは言ってないが、リアナは賢い。ちゃんと心得てたよ」

「あれ、やっぱり意外と気に入ってる？」

ジェラルドの素直な問いかけにヴィルフリートはにやりと笑った。

「賢いし、わきまえられるし、見た目も悪くない。気に入らない理由がないだろ？」

その時、お茶の用意を終えて脇に控えたマティがこほんと咳ばらいをして注意をひいた。

「陛下。お言葉ですが、レディントン公爵に言われたのはそれだけではなかったのではないですか。なるべく傍に置くな、閨も形だけのものにと言われていたのに、それは無視しましたよね。公爵が警戒なさっているのは陛下のそのような態度ですよ。それをジェラルド様に仰られないのはいささか公正さを欠いているのではないかと」

ヴィルフリートはちらりとマティを見てやれやれと言った風に肩を竦めた。

「まったく、マティは本当に真面目だな。そんな固いこと言うなって。形だけの閨なんて無理だろ。それはまあ、仕方ない。それに抱けば傍に置きたくもなる。そういうものだよな」

同意を求めるようにして自分の方を向いたヴィルフリートを見て、あははとジェラルドが笑った。

マティは反対に苦虫を噛み潰したような顔になる。

「それでこそヴィルだよ。それはまあ、仕方ないんじゃない」

「陛下。女性には懲りたのではなかったのですか。そうやって結局はリアナ姫に絆されたから今、面倒なことになっているのですよ。姫の素性が不審な点はお忘れですか。陛下がリアナ姫に手を出されていなかったらそれもある程度は目を瞑れたのに。子種まで与えてしまったから捨て置けないのですよ」

ヴィルフリートは悪びれた様子もなく言葉を返す。

「それは、すまん。誤算だった。まさか、リアナがあそこまでやれるとはな。せめて、もうちょっと愚鈍に振る舞ってくれていたらここまで疑わなくてもすんだのにな」

大して深刻そうでもない口調で何でもないことのないように言いのけたヴィルフリートを見てマティが神経質そうに眉を寄せた。

「……陛下。本当にリアナ姫を警戒されていますか？　ちゃんと探ってくださいよ？　真面目に！」

いかにも億劫《おっくう》そうにはいはいと言うと、ヴィルフリートは座っている椅子の背にもたれかかった。

「言われなくても一応真面目にやっている。あまりそういうのは性に合わないんだよな。俺が探ったところでリアナには無駄だよ。昨日も強請ってみろと言ったけどその手のことは強請らなかったしな……」

ヴィルフリートは眉を寄せながら目を閉じて何かを考えているような顔をしたが、マティはそんなヴィルフリートをきっと睨《にら》んだ。

「陛下！　それは探るとかではなくもう直接聞いているではありませんか！」

その強く発せられた言葉に仕方なく目を開けたヴィルフリートはおどけたようにふっと笑った。

「いや、考えたんだが、むこうの目的がもし皇妃になることだったら、そうしてやるのもいいかと思ってるんだ。まあ公爵をなんとかして交渉がまとまってからということにはなるけど、そうやって望みを叶えれば、目的は一応果たされる訳だから何かを企んだり、仕組んだりはしないだろ。育ちのことは気になるが面倒事がなければもうそれでいい。もしかしたら皇妃の話を出せばその辺りも案外話してくれるかもしれないしな。リアナは当初考えていた側妃としての役割も十分こなしてくれているし、皇妃としての資質も問題なさそうだ。手を組むのはこっちにとってもむこうにとっても悪い話じゃないだろ」

「陛下！」

マティはわなわなと肩を震わせながら信じられないというようにヴィルフリートを見た。

「そんな簡単に！　皇妃ですよ!?　人選はもう少し吟味されてください！」

「リアナは賢いし、真面目だし、貴族も上手くさばけてる。でしゃばらなくて控えめだし、わきまえられるし、何も問題ないじゃないか。俺に近寄る女なんてどうせみんな皇妃の座目当てだ。腹に何かしらは抱えている。国の規模とかも何とかなるだろ。むこうだって王女なんだし」

ヴィルフリートは淡々と言うと、ジェラルドを見てどう思う？　と言って意見を求めた。

今までお茶を優雅に飲みながら黙って聞いていたジェラルドはにこりと笑った。

「ヴィルがいいって言うならいいんじゃない？　ヴィルが何とかなるって言えばなるよ。僕もリアナ姫は皇妃の素質あると思うよ」

だろ？　と頷いたヴィルフリートを見て、マティは深々とため息をついた。

「……陛下。ひとつ報告が途中だったことがありました。皇妃の件はこれをお聞きなってからお決めになった方がよろしいかと」

「なんだよ」

その剣呑《けんのん》さを見取ったヴィルフリートは眉を寄せた。ちらとジェラルドに視線を向けたマティを見て軽く頷く。

「ジェラルドのことは気にしなくていい。言え」

「オールデンがハックワースの王太子に自国の王女との婚約話を水面下でもちかけているとのことです。ハックワースは今のところそれを断っている様子はないそうで」

「オールデンが？」

「もし、ハックワースが陛下が訪れる前にオールデンの手に落ちていたら話は変わってきますよ」

「どういうことだ」

ヴィルフリートはその言葉を聞いて眉をぴくりと動かした。

「リアナ姫が陛下の側妃になったというのに、オールデンがハックワースを諦めている様子はありません。リアナ姫が面会していた使者、ヒース・ワーグナーですが、前回の面会の後、国元に戻ってからの様子を探らせておりましたところ、オールデン側の人物と接触しているという情報を掴みました」

ヴィルフリートは話を聞きながらみるみる表情を険しくさせた。

「リアナ姫の後ろに、オールデンがいるとしたらどうしますか」

「まさか」

「いまだはっきりしないリアナ姫が隠されていた時期ですが、もし間諜としての教育を受けていたら？　しかもヒース・ワーグナーはどうやらこのまま王都に逗留するつもりらしいのです。何か良からぬことを企んでいるのではないかと」

ヴィルフリートは腕組みをすると、難しい顔をして黙り込んだ。

「そんな後ろ暗い人物を本当に皇妃にするおつもりですか？　もちろんこのことは裏付けを取るために引き続き探らせております。陛下、今はリアナ姫をお傍に置くのはどうかお控えください」

マティはきっぱりと言い切ってヴィルフリートを見た。その言葉を最後に三人の間に沈黙が下りる。急な話の展開にジェラルドは呆気にとられた顔で瞳を瞬いた。

そのまま不穏な空気が流れたが、ふと考え込んでいる様子だったヴィルフリートが顔を上げた。おもむろに身体を起こし疲れた様子で執務机の上で頬杖をつくと、いかにもかったるそうに息を吐いた。

「……マティ」

「なんでしょうか」

「リアナを今度の視察に帯同させるように準備を進めろ」

「……は」

そのあまりにも予想を裏切られる言葉にマティは驚きに目を見開いてヴィルフリートを見た。

【19】


「なっ……陛下！　なにを!?　今の報告を聞いておられなかったのですか？　そんなの……危険です！」

「危険？　なにがだ？」

慌てふためいたような態度のマティとは反対に落ち着き払った口調でヴィルフリートは平然と返した。それを聞いてマティはますます気色ばんだ。

「リアナ姫の後ろにはオールデンがいるかもしれないのですよ？　もしあちらの狙いが陛下を傷つけるようなことだったらどうするのですか!?」

「リアナは間諜として送り込まれていて、暗殺の任も受けていると？　それはちょっと飛躍しすぎではないか」

「可能性の問題を言っているのです。リアナ姫の素性がわからないうちにはどんなことも想定しておかなければなりません」

「そうは言ってもな……」

ヴィルフリートは頬杖をついたまま困ったように眉を顰めた。

「裏を取っているというが、はっきりとした情報を掴むまでどのぐらいかかる？　その間、リアナはずっとほったらかしか？　もし、本当にオールデンが後ろにいるとしたら、ハックワースとの取り決めそのものを見直さなくてはならないし、そうなると、交渉も一旦止めなくてはならない。そのことを考えるとこの件は一刻も早く明らかにしなければならないことになる。そんなに異を唱えるならいつまでに情報を持ってくるかはっきり言え。そしたらそれに沿って策を考えよう」

「そ、それは……」

ヴィルフリートは投げやりな言い方であったが、瞳は真剣にじっとマティを見つめていた。マティはその視線に射すくめられたように起立したまま口ごもった。そして何か言いたそうにその瞳を見つめ返したが、結局は複雑な面持ちで押し黙った。

「約束できないなら口出しするな。リアナをネールの視察に帯同させる準備と、その、ハックワースのヒースとかいう使者がそれについてくるか人をつけて見張らせとけ」

「……かしこまりました」

マティはしぶしぶといったように頷いた。ヴィルフリートはそれを聞いてから前かがみになっていた身体を起こすと首を傾けながらそこに手をあてて筋を伸ばすような仕草をみせる。

「なんか、面倒なことになったたな」

「陛下……警護の人数は増やしますか？」

「え？　必要ないだろ」

「しかし……くれぐれも身辺にはお気をつけください。リアナ姫を外に連れ出して動向を探ろうとお考えでしょうか？　ずっと行動を共に……？　どうか、お命を狙われている可能性があることはお忘れにならないでください。それでなくても移動中は危険が伴います」

「もし、リアナがお前の言った通りの素性で特別な任を帯びているとしたら、城内より外に出た時の方がずっと動きが取りやすいだろう。その隙は見逃さないはずだ。まあ、そうは言っても戦場よりかは安全だろ。何とかなる」

「ですが……」

「本当にお前は心配がすぎる。ったく、もうちまちまやるのは性に合わない。この件はこの視察の間で一気に片をつける」

ヴィルフリートはきっぱりと言い切った。

すると、今まで黙って話を聞いていたジェラルドがおもむろに口を開いた。

「マティ……仕方ないよ。ヴィルがこんな性格だってことは君も十分承知しているでしょ？　でも大体いつもそれでうまくいくんだし、今回も大丈夫だよ」

ジェラルドはどうやら、いまだに納得のいかない顔をしているマティを慰めようとしたらしかった。ヴィルフリートはそれを見ながら苦笑いを浮かべて、マティはさっと背筋を正した。

「ジェラルド様、気を遣っていただいてありがとうございます。私はただ、陛下の御身が心配なだけなのです」

「うん、わかるよ。でも、例えリアナ姫が幼い頃からどんな特別な訓練を受けた人物であったとしても、僕はあの子はヴィルを傷つけたり、……ましてや殺したりすることはできないと思うよ」

「ええ。わかっております。例えどんなに腕利きだったとしても、陛下がやすやすとそれを許すような方ではないということは。私は」

「いやそうじゃなくてね」

ジェラルドは柔らかく言葉を遮って意味ありげに微笑んだ。

「なんだ？　何が言いたい」

マティはもちろんのこと、ヴィルフリートまでもが訝し気にジェラルドを見た。ジェラルドはその視線を受けて困ったように首を傾げた。

「まあ、おいおいわかると思うよ」

その言葉にヴィルフリートは鼻白んだように目を細めた。

「なんだ、結局言わないのか」

「なんか、面白いことになりそうだね？　ヴィルもリアナ姫とずっと一緒にいられて本当は嬉しかったりして？」

いたずらっぽく笑ったジェラルドを見てマティは眉をひそめた。反対にヴィルフリートは意外なことを言われたかのように瞳を瞬く。

「ジェラルド様。少し言葉が……」

「マティ、いい。ジェラルド、そう思うか？」

「うん」

ヴィルフリートは何か面白いものを見つけたかのようににやりと笑った。

「まあこれで道中、退屈しないですむな」

「陛下！」

一段と険しい表情でマティはヴィルフリートを見た。

「リアナ姫をお連れになる目的をお忘れにならないでくださいね！　くれぐれも油断なさらぬよう、特に夜は十分お気を付けください！」

ヴィルフリートはマティの方を見もせずに気のない返事を返した。その態度にマティは更に気色ばむ。

「やっぱり私も一緒に……」

「お前が来てどうするのだ。リアナの素性の調査は続けるんだろ？　誰がする」

「あれ、マティは一緒にいかないいんだね」

マティはヴィルフリートとジェラルドを見比べてから、ヴィルフリートに視線を戻すと強い口調で言葉を発した。

「もちろん私が責任を持って調べますので、やはり残らせていただきますが、くれぐれも自重なさってくださいね。私は次の側妃候補の選定もしておきますので、戻り次第、選んでいただきます」

その言葉にヴィルフリートは苦虫を噛み潰したような表情を浮かべた。

「どうしてそうなる……次の側妃などいらん」

「リアナ姫のことは視察の間に片をつけられるのですよね？　そうなると、側妃の座が空白になります」

「まだわからないだろ……。それに常に側妃がいないといけない訳でもない」

「切り替えの早いのが陛下のいいところでございます」

「あのなあ……」

ヴィルフリートは取り澄ました顔をしているマティに向かってため息をついた。

「俺だって何も感じない訳じゃないんだ。女とゴタゴタしているとそれなりに疲弊する」

「先程ご自分で仰っていたではないですか。陛下に近寄ってくる女性の中で腹に何も抱えていない人物などいないも同然です。これはもうそういうものだと思って諦めていただくしかないかと。慣れてください」

「嫌だよ」

うんざりした表情でヴィルフリートは言い切った。それを見たマティは首を傾げて何かを考えているような顔をした。

「……困りましたね。私の知る中で何の算段も持たない女性というのは……ルイーズ様ぐらいかと」

その名前を聞いた途端、ヴィルフリートは思いきりしかめ面になった。その顔を見て、ジェラルドが慌てたような声を出した。

「マティ……ルイーズはないでしょ。君はたまに思いっきり空気が読めない時があるよね。それにルイーズはもう嫁いでいるんだし」

その言葉にマティははっとしたような顔をしてから慌てて表情を取り繕った。

「これは、失礼いたしました。失言でした」

「……別にいい」

ヴィルフリートは短く言ってから、ジェラルドに目線を向けた。

「そういや、ルイーズが懐妊したという話を小耳に挟んだのだが、本当か？」

「いや、僕は聞いてないよ？　ただの噂じゃない？　ルイーズも子どものことは色々言われて大変みたい。まあそれだけ期待されているってことなんだろうけどね」

「そうか」

ルイーズはジェラルドの妹だった。今はパパーレ公爵家に嫁いでいる。ジェラルドとは幼少の頃からの仲なので、当然、ルイーズのこともヴィルフリートは昔から知っていた。

「じゃあ、僕はそろそろ行くね。お邪魔をして悪かったね」

「ああ、わざわざ寄ってくれてありがとな」

辞去の言葉とともに椅子から立ち上がったジェラルドに向かってヴィルフリートはくだけた笑みを浮かべた。

【20】

リアナは馬車に乗っていた。ガタゴトと左右や前後に振動する度に膝の上に置いてある手がわずかに揺れるのを見るともなしに眺めていた。ふと隣に視線を移すと、窓にかかっているカーテンの隙間から軽快に流れてく景色が目に入る。馬車は王都を抜けて街の外に出る門をくぐると速度を上げて進むようになった。窓の外に広がる景色は一面の草原になっている。

「昨日はよく眠れたか？」

出し抜けに隣から話し掛けられてリアナはびくりと肩を震わせた。首を横に傾けて少し上の方を見ると隣に座る人の顔が視界に入る。リアナから少し距離を取って壁に寄りかかるようにしながら座っているヴィルフリートは、長い脚を無造作に投げ出してリラックスしているように見えた。初めて会った時と同じような高い詰め襟の黒い上着をきっちりと着込んだヴィルフリートはとても凛々《りり》しくて思わず見惚れてしまう。リアナは自分の鼓動がにわかに早まるのを感じた。

皇帝専用と思われる馬車は長い移動用のもののせいか外側に華美な装飾はなかったが、帝国の紋が入っており、上品な雰囲気を醸し出していた。中も広くゆったりと作られており、乗り心地は今までにリアナが乗った馬車とは比べようもないぐらい素晴らしい。

まだ、信じられない。

リアナはひたりと瞬きをして口元にゆるく笑みを浮かべた。

「はい、おかけさまで」

自分で言ってからなにがおかげさまなんだろうとなぜだか少しおかしくなった。すると、まるでその心の内を読んだかのようにヴィルフリートがはっと笑った。

「そうか、それはよかった。俺は片付けることが色々あってあまり眠れなかった。悪いが少し寝る」

「はい、おやすみなさいませ」

それを言い終わるかどうかの間にヴィルフリートは腕組みをして瞼を閉じていた。そうすると、普通にしているときつく感じる鋭い眼光が隠れて彼の面差しを思いのほかあどけなくさせる。その、今までにあまり遭遇することがなかった光景はリアナの心を落ち着かなくさせた。

目を伏せたヴィルフリートから視線が離せなくなって、リアナは見るともなしにその顔を見つめた。慕っている男性の傍にいていつもと変わりなく平静を保っていられる人間なんてこの世にどのぐらいいるのだろう。ぼんやりとしながらリアナは考える。普段から感情を抑える術を知っているので表面上はそこまで出ていないはずだったが、心の内はそれを聞いた時からずっとソワソワしっぱなしだった。

それは突然だった。珍しく日中にリアナの部屋に来たヴィルフリートは何の脈絡もなくいきなりリアナを今度のネールの視察に連れて行くと言った。ネールの視察のことさえヴィルフリートはもちろん、周りの者たちからでさえ何にも聞いていなかったリアナにとってそれはまさしく寝耳に水であったが、当然拒否権などない。もとより何を言われても拒否するつもりもなかった。それは既に決定事項で、その時からリアナは慌ただしく準備に追われた。そしてあっという間に今日の出立の日を迎えたのだ。

もちろん大いに戸惑ってはいた。なぜ自分が視察に突然同伴することになったのか。自分なんかが行ってもいいのか。しかし、その問いには誰も答えてくれることはなかったし、リアナも聞くつもりもなかった。

決定事項なのだから今更理由なんてリアナにとっては知らなくてもどうでもいいことだと誰もが思っているだろうし、本当のところを知っているのはヴィルフリートぐらいで、それを彼がリアナに告げることはないだろう。

ただ、自分に求められているであろう役割は正確に察知しなければならない。なぜなら、それを知らなければ正解の行動がとれないからだ。おそらく、視察にかなりの日数がかかるということでその間、ヴィルフリートが夜に相手を欲した際の役割を求められているのではないだろうかとリアナは想像を巡らせた。

皇帝がその辺の女を適当に見繕う訳にはいかない。そうなれば自分の側妃を連れて行くのが一番手っ取り早いであろう。もしそれが当たっているとしたら、その相手に選ばれたことはとても光栄なことだとリアナは思った。

それに、リアナは王城から離れられるということに正直とてもほっとしていた。

王都にはいまだヒースが逗留している。あれからヒースのことを考えるとリアナはものすごく暗い気持ちになる。何か悪いことが起こるのではないかといつも心のどこかが怯えている。ハックワースに手紙を書いたこと以外、自分には為すすべがなくて、だから、罪の発覚を恐れている罪人みたいな気分になった。

リアナが日中、ぼうっと本を読んでいる間、ヒースは着々と何かを企んでいるかもしれない。いや、もう動いているのでは？　今頃何か目的を持って手回しをし始めているかもしれない。ちょっとした心の隙間をついてふとした時にそんな考えが頭をもたげる。何とかしなければと居ても立っても居られなくなり、そんな影に始終纏わりつかれて精神的に追い詰められてきていた。

とりあえず、王城を離れれば少なくともヒースはリアナに何かをすることはできない。ヴィルフリートも一緒に行くのだから、ヴィルフリートに接触するのも無理だ。リアナはヒースがヴィルフリートに自分の隠されていた時期のことを暴露することを何より恐れた。とりあえず、王城を離れればその間はそれは出来ない。そうは言ってもその布石として何かの手回しを行ったりされる可能性はあるが、先延ばしができるということはかなり意味のあることだった。その間に、リアナの手紙を受け取ったハックワースがヒースを呼び戻してくれるかもしれないからだ。そうすれば事無きを得られる。

そう考えると、視察への帯同を求められたことはリアナにとってまさに願ってもないことだった。後は、ハックワース国王が手紙からリアナの意を汲んでしかるべき手段を講じてくれることを願うばかりだ。

こうした思いを抱えて、リアナはヒースの影から逃げるようにして王城を後にした。

でも、とリアナは現在の状況に立ち返って心の中で呟いた。

まさかヴィルフリートと一緒の馬車で移動するなんて。

その事実を知った時、リアナはひどく驚いた。視察に帯同するといっても、必要とされた時だけ傍に呼ばれると思っていたのだ。それまでは目立たないようにひっそりと一行の隅で大人しくしていようと思っていた。それが視察での自分の正しい立ち位置だと考えていたのだ。

だから、まだ本当に信じられない。まるで夢の中にいるような心地だった。ヴィルフリートと同じ馬車で、こんなに近くにいて、彼の寝顔を見つめているなんて。そんなこと、想像すらしていなかった。

リアナはあまりにヴィルフリートの顔を凝視し過ぎていることに気付いて苦笑いを浮かべながら窓の外に視線を戻した。あまりに見つめたら、いくら寝ているといっても居心地が悪く感じられるかもしれない。それに、目を瞑ったからといっていくらなんでもすぐに眠りに落ちるものでもないだろう。何かの折に瞼を開いて、その時に自分の寝顔をじっと見られていたと気付いたらさすがに気味悪がられる。リアナはそんなことを考えながらそっと息を吐いた。

景色は先ほどと何の変わりもなくただ一面の草原が続いていた。流れゆく光景を目に映すだけでリアナの思考はすぐに別のところへと飛んでいく。

もしかしたら、視察の間中ずっと同じ馬車で移動するのだろうか。先程はごく自然に、まるで当たり前かのようにこの馬車へと案内された。もしかして、もうそういう風に決まっているのだろうか。

その考えには、浮き立つものもあったが、もしそうだったらどうしようと狼狽えるものもあった。ヴィルフリートと今までにそこまで長い時間を一緒に過ごしたことがなかったので、そのような時にどのように振る舞っていいのかわからない。

あまり硬すぎても気疲れさせてしまうかもしれないし、慣れ慣れしくし過ぎても煩わしいだろう。もし、ずっと一緒ということであれば、場合によっては片道十日以上かかるかもしれない行程なのだ。その間に適度な距離感を測らなければならない。会話の内容も考えなくては。一体どのような話をすればいいのだろう。でもずっと無言というのも気詰まりになりそうだ。ヴィルフリートは大人しくされているのとたくさん話し掛けられるのはどちらを好むだろうか。

リアナは上擦りそうになる心を抑えてそんなことを悶々《もんもん》と考えながら、しばらく時を過ごした。

列をなした馬車はひたすら進み、夜の帳《とばり》が下りる前に今夜の宿泊場所としてあらかじめ決められていた街道沿い近くの城館へと着くことができた。ヴィルフリートはその間ずっと寝ていた訳ではなく、あれからしばらくしてふっと起きはしたが、まだ寝足りないのか少しぼうっとしている様子もあった。そんな顔をしているヴィルフリートもリアナにとってはひどく新鮮で、新しい彼の一面を見たような気がして、そのことに喜びを感じてしまう自分をリアナは懸命に戒める。

リアナは邪魔をしないようひたすら大人しくしていたが、ヴィルフリートは場の雰囲気なども大して気にしてない様子で気の向くままに話し掛けてきた。なんとなく前回、閨を共にした以降から彼の態度はよりくだけたものになってきているような感じを受ける。それは、彼との距離が近づいたようで、抑えがたい喜びをリアナにもたらした一方で、どう対応していいか戸惑いももたらした。自分もそれにあわせて態度を変えた方がいいのだろうか。いやあまりに態度を崩しすぎると変な勘違いを起こしたと思われる。わきまえている姿勢は変えてはならない。

色々と考えすぎてどこかぎこちないリアナを気にする様子もなく、ヴィルフリートはネールに行くまでの詳しい行程や、途中で通っていく領地のそれぞれの特色などを思いつくままに話してくれ、馬車の中での二人の空気は決して悪いものではなかった。

馬車を降りて城館に入ると、視察の一行は慌ただしく宿泊の準備に散っていった。ここら一帯は国有地でこの城館は皇家所有のものだった。今回の視察はかなりの人数が帯同していて、馬車は何台も用意されている。警護のために付き添っている騎士たちも多く、大所帯を呈している一行が宿泊するのは規模の大きい城や館でなければ無理だった。馬車の中でヴィルフリートから教えてもらった説明によると、宿泊地はあらかじめ決められていて、今回はたまたま通り道に皇家の城館があったのでそこになったが、大体は途中に通る土地を治めている貴族の居城や屋敷を予定しているらしい。

リアナは今回の視察に一緒に付いてきてくれたいつもの侍女と一緒に、城館の管理維持のために平素からここで働いている使用人の案内で本日寝泊りする部屋へと早々に通された。ヴィルフリートは城館に入ってすぐに側近や騎士たちに囲まれてどこかへ消えてしまった。ヴィルフリートも移動で疲れているだろうし、着いてもまだ他にやることもありそうだ。今日はもう閨に呼ばれることもないだろうかと考えながら部屋に入ったリアナは中の様子を目に入れてひどく驚いた。

そこは一目見てこの城の主の部屋だと誰もがわかるぐらいとても立派な造りをしていた。まず広い。そして置かれている家具や調度品がどれも重厚かつ豪奢なものだった。奥にどんと存在している寝台なんかは、人が三人か四人横になれるのではないかというぐらいとても幅がある。

リアナは呆然と室内を見回して所在なさげに立ち尽くした。何かの手違いではないだろうか。それとも案内した者は何かの勘違いをしているのでは？　ここはどう見てもヴィルフリートの部屋だ。自分にはもっとこじんまりとした部屋が用意されているはずだ。

「リアナ様。どうぞお寛《くつろ》ぎくださいませ。陛下から先に部屋に入っているようにと言われております」

侍女に横から声を掛けられてリアナははっと意識を戻した。

――陛下から？

今、侍女は確かにそう言った。聞き間違えではないはずだ。リアナは驚きに目を瞬いた。混乱するリアナを追い立てるようにしてソファに座らせると侍女は運ばれてきた荷を解く作業にてきぱきと取り掛かっている。

他の荷と一緒に入ってきた見覚えのあるヴィルフリートの侍従が同じように彼の荷と思われるものを捌いている。その光景を目に入れてリアナはやっと現実を受け入れた。

自分はヴィルフリートと同じ部屋に宿泊するのだ。そして、今回の流れを見ると、おそらくこの先もずっとそのように取り計らわれているのだろう。

そう意識するとにわかに身体に緊張が走った。大国の皇帝の視察というものがどういった風になされているのかよくわかっていなかったリアナは全くその可能性を考えていなかった。それはリアナが自分の立場を周りが考えている位置よりもずっと低く見なしていることにも原因があったが、リアナはその部分をあまり客観視できていなかった。わきまえること、ただそれを一番の念頭に置いて、これから自分がどう振る舞えばヴィルフリートにとって最も良いのか、リアナは今後の事態を想定しながら懸命に考えを巡らせた。

その後、リアナは用意された夕食を一人で取り、湯を使ってから寝支度を整えるとソファに座ってヴィルフリートを待っていた。侍女は既に下がっている。ヴィルフリートは今後の打ち合わせが続いているのか、夕食もその後でもリアナの前に現れることはなかった。侍女からは先に休んでいいと言われているとヴィルフリートからの言付けを伝えられていた。しかしリアナはヴィルフリートのために用意された部屋のヴィルフリートのための寝台で先に休むなんて恐れ多いことをする気にはならず、ソファに身を沈めてじっとこの部屋の主の戻りを待っていた。昼間は暖かかったが夜はさすがに冷える。しかし部屋の中は適温に温められていて快適だった。慣れない馬車での移動と長時間ヴィルフリートと一緒にいて気を張っていたリアナは疲れが出たのかついウトウトとし始めていた。

それからどのぐらい時間が過ぎたのか、一生懸命意識を保っていたつもりだったがいつの間にかリアナは眠りの世界に落ちていた。そうしてソファの背もたれに身を預ける格好になっていたリアナは不意に身体がどこかに着地したような感覚を覚えてはっと意識を取り戻した。

目を開けるとヴィルフリートの顔が視界に飛び込んできた。慌てて身体を起こそうとしてそれをヴィルフリートに押し留められる。

「どうして横になっていなかった？　先に休んでいていいと言っておいたはずだ」

咎めるような言葉とは裏腹にヴィルフリートの口調はとても穏やかなものだった。いつの間にか寝支度を整えたらしく、夜着を纏っている彼はいつもの威圧感を引っ込めて寛いだ気安い雰囲気を醸し出していた。

言われて周りに視線を巡らすと、ソファに座っていたはずの身体は寝台に横たえられていることに気付く。ヴィルフリートの手を煩わせてしまったことにリアナは顔を強張らせた。

「陛下、申し訳ありません。勝手ながら陛下を待たせていただいておりました。……ここには陛下が？」

丁寧な物言いとは裏腹に寝起きのどこか覚束ないリアナの口調が面白かったのか、ヴィルフリートはくすりと笑いながら自分の身をリアナの横に横たえた。

「ああ。リアナも案外可愛いところがあるんだな。しかし、待っている必要はない。これからも移動が続くんだ。休める時に休まないと身体が参ってしまうぞ。休めと言われた時は横になって先に眠っていろ」

「承知いたしました。お気遣いありがとうございます」

横になったまま、リアナが表情を引き締めて丁寧に礼を述べるとヴィルフリートは面白そうに目を細めた。

「どこに行ってもお前の態度はまるで臣下のようだな。まあ、リアナはそこが面白い」

言いながらヴィルフリートはリアナの身体を引き寄せた。腕の中に入れて額に口づけを落とす。突然の甘い行為にリアナはぎこちなく視線を彷徨わせた。

そんなリアナの顎を指で捉えると、ヴィルフリートはそのまま上に向かせて唇を被せてきた。リアナの鼓動が急速に高まる。啄まれた後に唇の合わせ目を縫って滑り込んできた舌はゆっくりと中を這い回った。突然のことに呼吸の仕方を忘れたかのように息を止めていたリアナは途端に息苦しくなって思わずヴィルフリートの夜着をぎゅっと掴んだ。

ヴィルフリートの温かみと匂いに包まれ、深い口づけで性感を高められると意識が段々と溶けてゆったりとした水の中を漂うような錯覚を覚える。ヴィルフリートが唇の角度を変えた際に鼻から深く息を吸うと息苦しさが消えた感じがした。また唇が繋がってリアナはいつの間にかうっとりと瞳を閉じていた。

【21】

結局その日、二人がそれ以上の触れ合いに進むことはなかった。

ヴィルフリートは長い口づけの後、唇を離し、おやすみとリアナに声を掛けた。ヴィルフリートはこのまま眠るつもりなのだとリアナは理解し、言葉を返すとさりげなく身を捩った。離れていた方がヴィルフリートが眠りやすいと思ったからだった。

閨事の後、そのまま眠りに落ちてしまうことはあっても、おやすみなどと言い合って一緒に眠ろうとすることなど今までなかったので、リアナはどのようにしていいかわからなかった。ただ、ヴィルフリートの邪魔にならないようにしようとした。しかし、ヴィルフリートはリアナを自分の腕の中に入れたまま、身体を寄せて眠りに入ろうとし、実際そのまま寝てしまったようだった。しかし、リアナの方は今までにない状況にやけに緊張してしまって、眠るどころではなくなってしまった。リアナは結局そのまま、眠りの浅い一夜を過ごしたのであった。


翌朝早く、一同は城館を後にした。前日よりも次の宿泊予定場所までは距離があるとのことでゆっくりはしていられなかったのだが、朝起きた際には薄暗かった空も出発の頃には少しずつ明るくなってきており、本日も天候で心配することはなさそうだった。昨日と同じようにリアナがヴィルフリートと同じ馬車に乗り込むと、やがて馬車は走り出した。

昨夜は一晩一緒だった訳だし、移動二日目ということもあって、リアナもいくぶんヴィルフリートに対しての距離の取り方が分かってきたような感じはあった。と言ってもまだ一日だけしか一緒に過ごしてないのだが、ヴィルフリートが普段醸し出している人を寄せ付けない雰囲気の裏で、実はさっぱりとした気取りのない性格だということをリアナは身をもってわかったような気に少しなっていた。以前から行動の端々からそうだろうとは思っていたのだが、実際に、深く彼の人柄に触れさせてもらえたような、そんな気分だった。

相手に対してこうしてほしいとか、ああしてほしいなどの要望が彼にはないように思える。好きなようにすればいいと思っているように見えたし、例えリアナが本当に好きなように振る舞ってもおそらく気分を害することはないだろう。その実感は、気を許してもらえたかのような幸せな感覚をリアナにもたらした。

だからと言って好きに振る舞う気もないが、そう思えば気疲れするほど緊張することもなく、リアナも馬車の中で初日よりかは適度に気が抜けるようになった。

「今日はもう少し進むとレバント領に入る。道は少し悪くなるが、途中で景色がとても素晴らしいところがある」

前日と同じようにリアナと一定の距離を取って座るヴィルフリートは、前日と同じく、気が向くとリアナに向かって口を開いた。

「景色、ですか」

「そう」

リアナは顔を傾けてヴィルフリートの横顔をまじまじと見つめた。

「陛下は、この辺りのことにお詳しいですね」

「まあ、ネールの地へはよく行き来したからな」

そこでリアナは、ヴィルフリートが皇太子時代に戦場へと赴いて指揮を取っていたことを思い出してはっとした。よく考えればそんなことすぐにわかったのに、思いつくまま口に出してしまった自分を恥じる。

「……申し訳ありません。わかりきったことを口にしてしまいました」

そこでヴィルフリートがふっと笑った。リアナはきゅっと引き締めた表情はそのままで、今の自分は何かおかしいところはあったのだろうかと心の内で首を傾げた。

「そんなに畏まらなくてもいい。俺とお前は主従関係ではない」

ぱちぱちと瞳を瞬きながら、リアナはそうだろうか、と思った。ヴィルフリートとの関係はある意味、主従関係に近いものだと思っていた。リアナの中ではヴィルフリートはかしずくべき存在で、絶対的に上の立場にいる。その感情は言ってしまえば主に抱くようなものでもある。それは、リアナがヴィルフリートに尽くそうと勝手に思っている気持ちからきているところもあったが、彼自身もそう思っているだろうとリアナは勝手に思い込んでいたのだ。

「お前はずっとこんな感じか？」

「こんな、と言いますのは……どういうことでしょうか」

ヴィルフリートの言葉の意味を量りかねて、リアナは戸惑いつつも疑問を口にした。

「何と言うか、その妙に真面目なところだ。誰に対してもいつもそんなに硬い態度なのか？」

リアナはその言葉に少しだけ眉をひそめた。

「私はそんなに硬い、でしょうか。……あの、陛下がお嫌でしたら改めますが」

そうは言っても、自分の態度がそこまで硬いものだと思っていなかったリアナは、改めると言っても具体的にどうしていいのかはわからなかった。しかし、ヴィルフリートがリアナのことをそのように思っているとしたら考えなくてはいけない。普通に考えれば男性が女性に求めるのはもっと柔らかいものだろう。

にわかに不安を覚えて、表情を強張らせた。

「いや、別にそう言っている訳ではない。そんなに何もかも真面目に捉えるな」

ふと見るとヴィルフリートは苦笑いのような表情を浮かべていた。それを見て取ったリアナは自分の態度が気詰まりな空気を呼んでしまうことを恐れて、なるべく柔らかさを心がけて無理矢理に口元に微笑みを浮かべる。そんなリアナをヴィルフリートは面白そうに見た。そのままじっと見つめてからやや唐突に口を開いた。

「リアナは幼い頃はどんな子供だったんだ。なんだかあまり想像つかないな」

それはヴィルフリートにとっては何気なく、なんとなく思いついたことだったのかもしれない。しかし、リアナはその言葉に対してびくりと身を竦ませた。ぎゅっと臓腑が縮まったかのような嫌な圧迫感を心に覚えたがそれを悟られないように考え込むような振りを見せた。

「そうですね……取り立てて何の変哲もない普通の子供だったと思いますが」

そう口にして困ったような笑みを浮かべる。

リアナとしては人に語れるような幼少期の出来事は何もない。だが、それをヴィルフリートには気付かれたくはなかった。

「そうか」

ヴィルフリートは短くそう言うと黙り込んだ。そのまま会話は尻切れに途切れる。何とも言えない沈黙が二人の間に訪れて、リアナは不安感に襲われた。当たり障りのない返答をしたつもりだったが、なにかまずかっただろうか。心の中の動揺が伝わってしまったのでは？　そう考えると居ても立っても居られないような焦りが湧き起って何か挽回するようなことを言いたくなったが、何を言っていいのか、適切な言葉や会話が思い浮かばず、結局はヴィルフリートの気配を探りつつ、押し黙ることしかリアナには出来なかった。

しんとした馬車の中にガタゴトと車輪が道を進む音と馬の蹄の音が響き、その合間に周りにいる騎士たちの話し声がたまに漏れ聞こえた。上滑りをする思考がぐるぐると頭に渦巻き、その雑多な音がやたらに耳につく。眼球だけ動かしてそっとヴィルフリートの表情を伺うと、ヴィルフリートはカーテンの隙間から窓の外に視線を向けているようだった。その表情はとくに何の感情も映していない。それがリアナには妙に気になった。そのリアナの心の内の不安を反映したかのように、ヴィルフリートがその後しばらく、口を開くことはなかった。

【2】

「リアナ」

すぐ近くで声がして、肩を揺さぶられた。それにより、リアナは自分が思考を途切れさせていたことに気付いた。一気に意識が引き戻されてはっと顔を上げると慌てて左右に視線を巡らす。すると、先ほどより近い位置にヴィルフリートの顔があった。自分が眠ってしまっていたことに動揺したリアナはさっと背筋を正すと表情を引き締めた。

「申し訳ありません。眠ってしまっていましたか」

きちんと話そうと意識し過ぎたせいか、妙にかしこまってしまったリアナを見てヴィルフリートはまるで安心させるかのように少しだけ口元を引き上げた。

「いや、別に眠るのは構わない。長い移動なんだ。ずっと起きているのも大変だろ。それよりも……」

そう言いながら腕を伸ばしてリアナ側にある窓にかかっているカーテンをさっと開けた。その際にぐっと身体が近づいて心臓がどくんと音を立てた。夜の閨事の際や何かの場でエスコートをされている時はともかく、日中にヴィルフリートとお互いの熱が感じられるところまで身体を寄せることなんてまずないので、それだけでリアナはドキドキしてしまった。自分の体温がみるみる上がっていくのを感じながらも、カーテンがなくなって大きく視界が開けた窓の外にヴィルフリートが注意を促していることに気付いた。慌てて、ヴィルフリートが指し示す方へと視線を向けると、そこには予想していなかった景色が広がっていた。

「……きれい」

リアナは思わず呟いていた。

最低限の整備がされている街道に沿って続いている草原に一面、青い花が咲き乱れていた。

それがいきなり視界の中に飛び込んできて、リアナの視線は釘付けになった。そのかわいらしくて美しい風景にふわっと心が弾む。

よく見ると一つ一つの花は小さい。ぎゅっと寄せ集まって咲いているわけでもなく、あちこちに散らばっているところを見るとおそらくこの花々は野草の類なのだろう。しかし、それが見渡す限り続いているのは十分に見る者を惹きつける光景だった。

レーヴェンガルトに来てからずっと城にこもって生活していたリアナにとっては久しぶりに見る自然の美しさで、それに思ってもみないほど心が動いた。

気付けばリアナは自然と口元を綻ばせていた。束の間、ヴィルフリートが隣にいることも忘れてその光景に見入る。

「なかなかきれいだろ。この時期だけのものなんだ」

後ろから声を掛けられてリアナはふっと意識を引き戻した。いつの間にか体ごと横を向いていて、完全にヴィルフリートに背を向ける格好になってしまっていることに気付く。慌てて身体を元に戻すと、リアナは視線をヴィルフリートに向けた。

「寝ていたのに起こしてすまなかったな。せっかくだから見せたかった」

その言葉にリアナは慌てて頭を振った。

「いえそんな、あの、陛下、ありがとうございます。その……とても、きれいでした」

「そうか」

リアナが礼を述べるとヴィルフリートは目元を綻ばせた。それは普段の威厳に満ちたヴィルフリートからは考えられないぐらいに優し気な笑い方でリアナは不意に胸がぎゅっと詰まったかのような感覚を覚える。

もしかしたら、リアナにこの景色を見せたいと思ってくれたのだろうか。

その考えは一気にリアナの心を浮き立たせた。

確か、ヴィルフリートは馬車に乗ってすぐの時に途中で景色が素晴らしいところがあると言っていた。その時に言っていた景色というのは、この花畑のことで、その時から既に、通りかかる頃合いで声を掛けようと思ってくれていたのだろうか。

ヴィルフリートの中に、少しでも自分に向けてくれる部分がある、そして、自分のことを考えてくれる気持ちがあるということに、リアナの心は震えた。

あれから二人の間で会話が交わされることはなかった。ヴィルフリートの纏う空気に変化はなく、さりげなく窺い見た表情にも変化はなかったが、リアナにはなんとなくその沈黙が気詰まりに思えた。後悔の念がこみ上げ、自分の言葉や態度にやはり何かまずいところがあったのではないかとぐるぐる考えていたら、前夜にあまり眠れていなかったこともあって、いつの間にかリアナは眠ってしまったらしかった。

自分の緊張感のなさに愕然としたが、ヴィルフリートは特にそれについて気にする様子もないどころか、わざわざリアナにあの風景を見せたいと思って起こしてくれた。

リアナはそのことがとても嬉しくなった。ヴィルフリートの笑みにつられるようにして、知らずと口元から笑みがこぼれる。

訳もなく心が高揚して、先程の気詰まりな空気も自分の錯覚だったのではとさえ思えた。幸せな気持ちが胸を満たして、顔が緩むのを抑えられない。

こんなにも他人の言動で一喜一憂するなんて、なんだか不思議な気分にもなった。ヴィルフリートの言動ひとつで、どこまでも落ちていきそうになるかと思えば、天にも昇る気持ちにもなる。感情の揺れ幅がひどく不安定で、自分では制御できない。

緩む頬を隠したくて、窓の外が気になった振りをして視線をさり気なくそちらに転ずると、まだ窓の外に花々が点在していた。今度はところどころに白い花も混じっている。それはそれでとても可憐な風景で、リアナは軽く息を吐いた。

浮かれている気配を悟られないように、取り繕って口を開く。

「陛下はこの花の名前はご存知ですか？　申し訳ありません。私はあまりこういったことに詳しくないもので……」

「いや、俺も知らない」

やけにきっぱりと言われて、リアナは意外そうにヴィルフリートを見た。前々からあの花を知っている様子だったので、名前ぐらいは知っていると思った上での問いかけだった。

「そうなのですか」

「俺みたいなのが、花の名前に詳しいとか妙だろ」

「そうでしょうか……」

リアナは首を傾げた。リアナの中ではヴィルフリートだったら何に詳しくてもおかしくはない。

しかし、そう思ったのはリアナだけだったらしく、ヴィルフリートはなんだか微妙そうな表情を浮かべていた。自分に花など似合わないと思っているのだろうか。確かに厳つい容姿のヴィルフリートからは花を愛でる様子は想像がつかないかもしれない。そう考えると、なんだか妙におかしくなってリアナは思わずくすりと笑いを漏らした。そして、笑ってしまってからはっと口を押えた。

「すみません……」

慌てて口元を引き締めたリアナを見て、今度はヴィルフリートがくすりと笑った。

「なぜ謝る？　笑いたい時に笑えばいいだろう」

優しい響きを伴うその言葉を聞いて、リアナの心にじんわりとしたものが広がった。

その後も馬車は快調に進んだ。途中、食事のために休憩を取ったり、たまに馬を休ませたりする以外は止まることはなく、予定からさほど遅れることもなく、日が沈む前に本日の宿泊場所となっているレバント領主であるレバント伯爵の館へと無事に到着した。

リアナが馬車から降りると、辺りにはうっすらと薄闇が迫ってきたところだった。ひんやりとし始めた空気に追い立てられるようにしてヴィルフリートの後について館の中に入る。上品な雰囲気の漂う建物の中では、レバント伯爵その人が自ら皇帝一行を出迎えた。

伯爵は恰幅《かっぷく》のいい柔和な顔つきの男性で、ヴィルフリートは何度かこの館に立ち寄ったことがあるらしく、二人の間には最初から和やかな空気が流れていた。伯爵の隣には夫人と思われる清楚な面立ちの女性が控えている。リアナもヴィルフリートに紹介されて伯爵夫婦と挨拶を交わし、疲れているだろうからとその後で早々に準備されていた部屋に通された。それは当然のようにヴィルフリートと同じ部屋だったが、さすがにリアナも今日はその可能性を頭に入れていたので今回は驚きはせずにそれを受け入れる。前夜のことを考えると鼓動は速まったが、この後の予定を考えるとゆっくりとそこに浸ってはいられなかった。

リアナは侍女の手も借りて手早く旅装を解くと、夕食の席に参加するためのドレスに袖を通した。館の主人である伯爵は皇帝をもてなすために豪華な食事を用意しているだろう。その席にヴィルフリートと一緒にリアナも参加するのだ。ヴィルフリートはまだなにか用事があるらしくて部屋には一緒に来なかったが、その準備のためもあってリアナは早々に一人でここに通されたのだ。ヴィルフリートの気遣いを無駄にはしていられないと、彼の隣に座るにふさわしくなるように自分を飾るためにリアナは余念なく準備をした。


その後、設けられた食事の席はとても豪勢なものだった。出される料理に口をつけながら、リアナは落ち着いた笑みを浮かべてヴィルフリートと伯爵の会話を邪魔しないように、控えめな態度でそれに臨んだ。口を開くのは時折会話を振られた時のみで、出しゃばらず、ほとんどは相槌だけにとどめる。リアナはそれが側妃として一番望ましい態度だろうと思っていた。夕食は和やかな雰囲気で進み、食事が終わるとヴィルフリートは伯爵にサロンに誘われた。これは男同士の嗜《たしな》みともいえるものなので、リアナはそこで場を辞することにした。伯爵夫婦に食事のお礼を述べてから退出しようとすると、ヴィルフリートに先に休んでいていいと声を掛けられた。リアナはその言葉にお礼を言ってから先に部屋へと引き上げた。

部屋に戻るとついてきたいつもの侍女に手伝ってもらってドレスを脱ぎ、リアナは手早く湯を浴びた。汗や汚れを落として身体を清めると用意されていた夜着に袖を通す。冷えてきたためその上からガウンを羽織り、就寝準備を整えたリアナはそこで侍女を下がらせた。

一人になると、広い客間にしんとした静寂が訪れた。まだあまり眠る気分でもなかったが、前夜のヴィルフリートのやり取りを思い出して、寝台に横になっていた方がいいのかもしれないという考えがちらりと頭をよぎる。ヴィルフリートはいつ戻ってくるだろうか。明日も移動が続くので、伯爵も遅くまでヴィルフリートを引き留めるような真似はしないだろう。サロンへ誘ったのは社交辞令のようなものに違いない。そうすると、すぐに引き上げてくるのではないだろうか。だったら起きて待つべきか。

取り留めのないことを考えながら、リアナは窓まで近寄ると掛かっている布を持ち上げて、その隙間から外を窺い見た。そこにはどこまでも真っ暗な闇が続いていて、瞳を凝らしてもぼんやりとした影しか見えない。空の方へと視線を転じても月さえ出ていなかった。

リアナは軽くため息をつきながら近くにランプが置かれているソファへと戻った。やっぱり少し待ってみようと腰を掛けようとしたところでがちゃりと扉が開いた。

この部屋にノックせずに入ってくる人物と言えば一人しかいなかった。顔を見る前に誰が来たのかわかったリアナは座らずにさっと背筋を正した。

「リアナ」

侍従を従えたヴィルフリートが部屋に入ってきてクラバットを緩めながらリアナに視線を向ける。

「先に休んでいていいと言っただろ。寝る準備が整っているなら寝台に入っていろ」

淡々とした口調で言われて、リアナはすぐにそれに従う意思があることを示すために頷いた。

「ありがとうございます。そうさせていただきます」

ヴィルフリートはそのまま足を止めずに浴室へと消えた。それを見送ったリアナはすぐに寝台へと向かう。なんとなく端に身を寄せるようにして横になるときちんと胸のあたりまで上掛けを引き上げた。しかし当然すぐには眠れないのでリアナはそのままそこでじっとしていた。

そうこうしているうちにじんわりと身体が温まってきて、段々と意識が弛んでくるのを感じた。慣れないことの連続で精神や身体に疲れが溜まっているのがわかる。時間の感覚がおぼろげになってきて、どのぐらい時が過ぎたのだろうか、不意にベッドがぎしりと軋む音がしてリアナはするりと意識を引き戻した。

ぱっと瞼を上げて音の方へと視線を送ると、ヴィルフリートが寝台に上がったところだった。リアナはそれを見ると半ば条件反射の動きで自然と身を起こした。

「なぜ起き上がる。先に休んだ意味がないだろ」

苦笑したヴィルフリートを見て、何と返したらいいかわからずリアナはきまり悪げな笑みを浮かべた。そう言われたらそうなのだが、自分でも無意識にしてしまったことでどう言っていいのかわからなかった。きっちりと一線を引くこともできず、かといって打ち解けた態度を取ることもできず、リアナは初日とは違った理由で自分の身の置き所に混乱を覚えるようになっていた。

「まあいい。じゃあちょっとこっちへ来い」

困ったような態度のリアナを見てヴィルフリートは自分の傍に来るようリアナを呼んだ。昨日のように身を寄せあって眠るのだろうか。そう考えたリアナはおずおずとヴィルフリートの近くへと移動する。ヴィルフリートは座った状態でそれを待ち、自分に近寄ってきたリアナをそのまま膝の上へと乗せた。

「あの、陛下……」

ヴィルフリートの誘導するままにリアナはその膝を跨ぐようにして座った。しかし、とても困ってしまっていた。何と言うかこの体勢はものすごく恥ずかしい。それにヴィルフリートの膝に乗るなんて恐れ多いような気もした。布越しではあるが密着している部分が彼の熱を伝えてきて更に緊張を煽る。

リアナはどこに置いていいのかわからない自身の手を胸の前でもじもじと動かした。

「なんだ？」

ヴィルフリートはそんなリアナを面白がっている表情で見た。少し湿り気を帯びた髪が後ろに撫で付けられていてそれが何とも言えない色気を醸し出している。ベッドサイドに置かれたぼんやりとしたランプの明かりが彼の顔に陰影を落として、吊り上がり気味の瞳に妙な迫力をもたせていた。

ヴィルフリートはあまりきちんとボタンなどを留めないタイプのようで開けた夜着の胸元から逞しい胸板がちらりと見えた。鍛錬を重ねていることがありありとわかる盛り上がった筋肉のついた引き締まった体躯に目を奪われる。

目の前の男のそんな様子に気を取られていると、太ももに何かが触れた。見ると、ヴィルフリートがリアナの太ももを夜着の上からさわさわと撫でていた。その手が膝あたりまで下りてきたかと思うと、そこからリアナの夜着の裾へ潜り込んだ。

素肌を撫でられてリアナの身体がびくりと震えた。

【23】

夜着の下へと潜り込んだヴィルフリートの手が滑らかな肌の上を辿りながら上へ上へと進んでいく。ヴィルフリートの手の平は硬さがあって、そのごつごつとした感触が太ももの外側から内側へ移動して柔らかな肉を掴んだ。その途端にぞくりと背筋が震える。真っすぐにこちらを見てくる強い視線に晒されているのがたまらなくなってリアナはどこへ向けたらいいかわからない目線を目的なく彷徨わせた。

一瞬だけ目に入ったヴィルフリートの瞳の奥には確かに欲が垣間見えていた。リアナはヴィルフリートが何を始めようとしているのかをもちろん既に察してはいたが、ヴィルフリートの表情も自分の身体も全てが眼前に晒されている体勢のせいで身動きも取れずに、落ち着きをなくしていた。緊張から呼吸が速まり、羞恥で全身の体温が一気に上昇していく。

そうこうしているうちに、付け根まで行き着いた指先が際どいところをゆっくりと滑り始めた。その度にぴくぴく震えてしまう足先を何とか抑えようと不自然に力を込めると、緊張感を増した肌は余計に感覚が敏感になってヴィルフリートの感触をまともに拾ってしまう。上から下、下から上へと肌の上を指が往復していくのがはっきりとわかり、身体が煽られていく。

絶妙なタッチでそれをされ続けると次第に秘所がじわじわと熱を溜め始めた。まだ決定的なことは何もされていないのにそこが潤んでいくような感じを覚えて、リアナは自分の身体が制御できないことに泣きたいような心地になってぎゅっと瞳を閉じた。

「リアナ」

ヴィルフリートが不意にリアナの名を呼んだ。その声にリアナは慌てて瞼を上げる。

「服を脱げ」

短く命令されて、リアナは目を瞠った。

そんなことを言われたのは初めてだった。

閨事の最中は大抵、リアナはされるがままだった。経験値が少ないあまり、どのように振る舞っていいのかわからなくて戸惑ったまま寝台で身体を固くしていると、大体はヴィルフリートの方で勝手にやってくれるのだ。だから、自分で何かするように言われたことなんて初めてだった。

リアナが驚きを隠せない表情で思わずヴィルフリートの顔を窺うように見ると、ヴィルフリートはその視線を受けて意地の悪そうな笑みを浮かべた。その、どこか色気を伴う、艶やかな笑みを目にしたことも初めてで、リアナは直視できなくなって思わず視線を外しながら忙しなく瞬きを繰り返した。

「……はい」

突然始まった、いつもとは違う雰囲気の房事に心は全くついていけなかったが、それでもヴィルフリートの命令に背くことはできず、リアナは少し掠れた声で返事をした。

そして、返事をした以上、ヴィルフリートを待たせてはいけないと、ぎこちない動作でガウンを肩から落とした。袖から手を抜いて、傍らに丸めてそっと置く。ヴィルフリートはリアナの動きをじっと見つめていた。その視線を意識すればするほど身体が高ぶっていく気がして、リアナはなんとか気を散らそうとそっと息を吐いた。

「全部だ」

間髪を入れずヴィルフリートから声を掛けられて、細い肩がびくりと動いた。それを誤魔化すかのようにきゅっと唇を引き結ぶと、リアナはこくりと頷いた。

「はい」

これを脱げばあられもない姿が晒される。それが分かっているが、逆らうことはできない。リアナは緊張と羞恥のあまり震え出した指で夜着の腰あたりの布を掴んだ。迷いが出ぬようにぐいっと一気に引き上げて布を頭から抜く。そうすると、大して豊かでもないが、形は整っているリアナの二つの膨らみがふるんと外気に晒されて、思わずそれを腕で隠した。

さらに恥ずかしいことに、リアナはヴィルフリートと同衾《どうきん》する際には下半身に下着をつけていなかった。用意されないという言葉が正しいのかもしれない。ヴィルフリートがその気になった時はすぐにでも事に及べるようにするためなのか、用意されないものをリアナも自分であえて身に付けるということはしていなかった。だから、リアナはヴィルフリートの膝の上であっという間に一糸纏わぬ姿となってしまった。意識しなくても羞恥心が働き、何とか隠そうするかのように膝をできるだけ寄せて、リアナは身を縮こませた。

「隠すな」

「……はい」

咎められて、しぶしぶ腕を下ろす。粟立った白い肌がヴィルフリートの視線に晒された。

「もう硬くなり始めている」

どこか淡々とした口調で言われて、かあっとリアナの顔が羞恥に染まった。ヴィルフリートの目線の先を辿れば、どこの部分のことを言われているのかは一目瞭然だった。

すっと上がった手の平がふんわりと胸を包む。ゆっくりと柔らかく揉み込まれると痺れるような感覚がリアナを襲った。先端の周りの淡い色の部分をくるくると指で撫でられると、触られてもないのにその中心がじんじんと熱を帯びる。その瞬間、ぴんと指先でそこを弾かれて、思わずリアナの喉の奥から、んっとくぐもった声が漏れた。

「足を開け」

ついに、一番言われたくないことを言われて、リアナはもうヴィルフリートを見ることもできずに俯《うつむ》いた。それでも、反抗する気持ちなどは持ち合わせていないので、恥ずかしさを何とか意思の力で押し込めてゆっくりと寄せていた膝を左右に開いていく。今まで隠れていた秘められた場所が空気に晒されて、ひんやりとした外気に触れていく感触がはっきりとわかり、リアナの強張ることによって上がり気味になった肩が小刻みに震えた。

「んっ」

リアナはいつの間にか目を瞑っていた。目の前のことがとうとう直視できなくなったのだ。なので、突然襲った刺激に驚き、反射的に目を開いた。

ヴィルフリートの長い指が自分の股の間に伸びていた。するりと合わせ目を撫でられ、それだけの行為でくちゅりというはっきりとした水音が鳴って、リアナは死にたくなるほど恥ずかしくなった。

「もうけっこう濡れてるな」

まるでわざと聞かせるように蜜の出る部分をくちゅくちゅと音を立てて探った指をヴィルフリートはぺろりと舐めた。

その光景にリアナの頭は沸騰しそうになる。理性的にものを考えることなど出来る訳がない。脚の間に戻ってきた指が秘裂の間に差し込まれてびくりと脚が震えた。半開きになった口から息が上がったかのような短くて荒い呼吸が漏れる。まるで溺れたみたいに上手く息が出来なかった。

「見られていると興奮するか」

「へ……いか、ど……して……」

譫言《うわごと》のようなたどたどしさで言葉を漏らすと、ヴィルフリートはリアナの今にも涙が零れそうなほど潤んでいる瞳を見つめた。

「なんだ?」

「なにか……いつもと、違います。どう、して……」

そんな意地の悪いようなことを言うのか。まるでリアナを貶めるみたいに。

耐えきれなくなったように零された言葉にヴィルフリートはふっと笑った。

「その顔にすごくそそられるからだ」

リアナはその言葉に瞳を瞬いた。すると、目尻から涙が溢れて一筋頬をつたう。それを見たヴィ

ルフリートはリアナの顎を掴んで固定しながら顔を寄せてその濡れた部分を唇で優しく拭った。

「……顔？」

「お前はいつも表情を崩さない。だから乱したくなる。常にはない顔を見ると……興奮する」

言いながら、ヴィルフリートはゆっくりと指を泥濘《ぬかるみ》に沈みこませた。ずずっと膣口の中に侵入してきた感触が腹の奥をぞわぞわと波立たせる。

「……は……あ、ん」

まっすぐに入ってきた指がくいっと曲げられて腹部側の一点を探った。細かく刺激されると一気に蜜の量が増したのがわかった。それと同時に急激に性感が押し上げられて、身体が火照っていく。

「その顔だ。すごくいい」

ぐっと入り込んだ指が奥を広げるように大胆に動き始める。それと同時に唇を塞がれて、口腔内を舌でまさぐられると高ぶった熱が頭の奥を痺れさせ、リアナは途端になにもかもがどうでもいいような心地になった。

なにがそんなによいのかはよくわからないが、リアナにそそられると言ってくれている。恥ずかしいのは嫌だが、それはとても嬉しいことのように思えた。

「お前もなかなかよさそうだな。恥ずかしいのは好きか」

離れた唇が今度は耳に押し付けられて、近くで囁くようにそう言われるとぞわりとしたものが背中を上がった。濡れた音を聞かせるかのように何度も指が出し入れされる。言われる言葉や、自分の身体の反応に耐えがたい気恥ずかしさを感じているはずのに、快楽が羞恥を塗り替えていくような感覚にリアナは今にも泣きそうな顔でくぐもった声を零すことしか出来なくなった。

「ん、あっ……んん、あ……」

「こんなに濡らして……見てみろ」

その言葉につられるようにして視線を下げると秘所から溢れ出した蜜がヴィルフリートの穿いているズボンの一部にまで染みを作っていた。それが視界に入ると、リアナは思わずひゅっと息を呑み込んだ。

軽い混乱状態のような気持ちに陥ったリアナは、肩を震わせて縋るような眼差しでヴィルフリートを見る。

「……へいか……や、もう、言わないで……」

「いつもより感じているのに？」

「あっ」

入れられた指の動きが速くなる。ヴィルフリートの少し掠れた声が妙に快感を煽った。リアナはその時、中を突かれてまったく突然に登り詰めた。何が起こったのかわからないほど不意に訪れた波に身体がおかしなほど翻弄される。膣内が細かく震えてぐっと指を締め付けたことでヴィルフリートはそれを感じ取ったようだった。

「早いな。わかりやすすぎる」

バランスを失って傾いたリアナを胸に受け止めながら、ヴィルフリートは薄く笑った。ずるりと指を中から引き抜くと、短い呼吸を繰り返すリアナの顔を覗き込む。

「よかったか？」

リアナはぼんやりした眼差しでヴィルフリートを見た。一気に押し上げられたそれは引くのも早かった。余韻の残る身体は気だるいが、熱が発散されたことによって頭にかかった靄が少し晴れ、わずかに頭が働いた。

途端に羞恥がこみ上げてきて、リアナはかっと頬を赤らめた。

「……はい……あ、の……あり……がとうございます……」

蚊の鳴くような声でぼそぼそと喋るとヴィルフリートはにやりと笑った。

「いつものリアナに戻ったか」

言いながら胸の膨らみに手をもっていってやわやわとそこを揉んだ。先端を指でつまんでくりくりと左右に弄ぶ。

リアナはその刺激にびくりと肩を震わせた。

「あの……陛下……もう……」

十分です、と言おうとしたが、次のヴィルフリートの行動に驚いて、リアナはその言葉を呑み込んだ。ヴィルフリートはごく自然な仕草でリアナの脚の間に手を戻すと、今度は指先で花芯を撫で回し始めたのだ。

「あっ……えっ」

一度達して敏感になっているリアナの身体はその刺激をすぐに拾った。下腹部に急速にまた熱が溜まっていく。とんとんと優しく指で叩かれた後でぐりんと押し潰されて耐えきれず腰がびくっと跳ねた。

「んんっ」

リアナはたまらず、制止するかのようにヴィルフリートの腕を掴んだ。いつものヴィルフリートからは考えられないような執拗《しつよう》な愛撫に自分の行く末が心配になる。このまま理性を保っていられる気がしない。

「あ、へいか……、あの、もう」

「遠慮するな」

「えんりょでは……あ、んぅ」

息も絶え絶えのリアナを面白そうに見ながら、今度は円を描くように指先を滑らせる。羽のような軽さのそのタッチがどうにも気持ちが良くてかき集めた思考がまた霧散していく。身体がびくびくと動くのを止められなかった。掴んではみたものの、その手からも急速に力が抜けていく。

「またっ……あ、ん、もう……やめ……」

「また達するか？　もう？」

ヴィルフリートは口元を少しだけ歪めて笑うと、すっと指を離した。

リアナは完全に与えられる悦に溺れていたので、急にそれが与えられなくなってはっとした。続きを求める身体はもっともっと体内の奥深くを疼かせる。秘所がひくひくと戦慄き、乾いた呼吸が口から漏れた。リアナは、自分の中に溜まったものが暴れ出すのを防ぐかのように、気付けばヴィルフリートにしがみついていた。少しだけ残った理性が懇願したくなる気持ちをなんとか押し留める。

「リアナ」

ヴィルフリートが名前を優しく呼んだ。宥めるように背中を撫でてから、肩を掴んでわずかに身を起こさせると顔を覗き込んだ。

「続きをしてほしいか」

リアナの頭はよく働かず、言葉が出てこなかった。縋るような眼差しだけでその答えを返す。

「お前が思うことを強請れ。お前は以前に俺に強請ったことがあったな。でもあれは本当の強請り事ではない。あれは、俺が望んでいるのではとお前が勝手に想像して言っただけにすぎない。ああいうことを俺は望んでない。そうではなくて、お前が本当にしてほしいと思うことを……強請るんだ」

リアナは眼を瞠った。平静ではない頭でもヴィルフリートの言わんとすることがわかった。

ヴィルフリートの夜着を掴んでいる指先が震え、瞳が急速に潤んでいく。なんだか訳もなく泣きたいような心地になって息を吸い込んだら胸までもが細かく震えて、やたらと落ち着かない気持ちに陥る。

「陛下、お願いです。続きを……」

そのまま吐いた息にのせて小さな声で呟くように言うと、ぐるんと視界が回った。

ヴィルフリートがリアナを寝台の上に押し倒したのだ。そのまま脚を大きく開かされる。

「どうしてほしい？　舐めるか」

急に直接的なことを言われてリアナはぐっと言葉に詰まった。ヴィルフリートは太ももの内側に指を滑らせながら、煽情的な笑みを浮かべてリアナの上に視線を落とす。

「ここまできて怖じ気づくなよ」

言われてリアナは軽く息を零した。今夜のヴィルフリートの中に混在する優しさと強引さと、そして垣間見える少しだけ意地悪なところがリアナを激しく翻弄させて揺すぶっているのがわかる。

自分のあり方がよくわからなくなるぐらいに。

それはリアナにとって怖いことだった。これと言うものがなければ、こうという決めたものがなければ、上手く立っていられない気がしてしまうからだ。

でも、本当はそれをずっと自分は望んでいたような気もしていた。ヴィルフリートという人間に自分の深いところまで入ってきて、今までの自分を粉々にしてほしい。

「……はい。舐めて……」

覚悟を決めてわずかに震える声でそれを強請れば、ヴィルフリートの頭が脚の間に埋まった。生温かい息が敏感な肌にかかって、そのすぐ後に柔らかな舌がにゅるりと蜜口に差し込まれてグニグニと動き回る。

「あっ、ん」

いきなりの刺激に背がのけぞる。ぴんと脚が伸びて、つま先が寝台の上で揺れた。

舌全体を使ってべろべろと舐め回された後に、花芯を容赦なく露出され、つつかれ、吸われ、歯で扱かれると、リアナはたまらず身体を震わせながらまた達した。

「入れるぞ」

達した後で弛緩した四肢をそのままにぼうっとしていると、いつの間にか夜着を脱ぎ捨てたヴィルフリートが猛るものをリアナの中にぐっと押し込んできた。

二回も達したリアナのそこは十分に柔らかく解れて、すんなりと大きな屹立を呑み込む。ヴィルフリートはそれでも押し開かれていく隘路に配慮するようにゆっくりと腰を進めた。膨張した質量がリアナの中にすべて入り切ると、甘い痺れがそこから体内へと広がり、それと共に、一体となった喜びからくる酩酊したような心地よさがリアナを包んだ。

なんだか素晴らしく満たされたような気持ちになる。それに誘われたのか、リアナは無意識にヴィルフリートの方へ手を伸ばしていた。ヴィルフリートがその行動に応えたからだったのかはリアナにはよくわからなかったが、身体の上に覆い被さるように倒れてきた広い背中に当然の流れかのように手を回すと、二人は次の瞬間には自然と唇を重ねていた。

舌を濃厚に絡ませながら、ゆるゆると腰を動かされるとたまらなく気持ちが良かった。肌と肌が擦れて、その親密さが泣きたくなるほどの安心感を連れてくる。心地いい体温と汗ばんだ首筋から発せられるヴィルフリートの匂い。そのすべてを感じながら与えられる快楽にリアナは溺れた。

ヴィルフリートはリアナの身体をいつの間にかよく知っていて、巧みに弱いところ刺激されると、リアナは初めて、繋がったまま深い絶頂を味わった。身体が奥深くから痺れて、自分の身体がまるで違うものになったかのような感覚だった。

全身が淫靡《いんび》な感覚に浸される。

「あっ……んっ、あ、う、うんっ……へい、か……」

熱いうねりに翻弄された後なのに、またすぐに動かれてリアナは助けを求めるように声をあげた。

「リアナ、こんなものでへばるなよ」

快楽の余韻を追う暇もないほど、またすぐに追い詰められる。今度は膝に乗せられて、下から突き上げられていた。飛びそうな意識をなんとか繋ぎ止めながら、リアナは自分が何を言っているのか、何をしているのかもうよくわからなくなっていた。

「陛下、はげし……もう、む、り……んっ」

「無理じゃない。もっと乱れろ。もっとだ……」

それでも、自身を貫く生々しい肉の感覚ははっきりと体内を走り抜けて、喉から切羽詰まった声が漏れ出る。

「リアナ……」

耳元でヴィルフリートがリアナの名を呼ぶ度に胸の奥がきゅっと甘く締め付けられた。

ヴィルフリートはその夜、何度もリアナを求めた。リアナは途中からのことはもうよく覚えていない。その時のヴィルフリートの激しさから、今までの閨事は、彼によってだいぶ制御されていたものだったということをリアナは思い知らされた。でもそのことを知ったことによって、今までよりも深く繋がったかのような、そんな、幸せな感傷に心が満たされた。

夢なのか、現なのか、よくわからない不思議な感覚の中で揺蕩いながら、初めて本当の彼に触れさせてもらえたかのような深い充足感にくるまれて、リアナはいつの間にか幸せな眠りに落ちていった。

【24】

それからの行程も、視察の一行はとくに問題なく予定通りに進んだ。昼間は馬車で移動し、夜は宿として立ち寄った場所の用意された部屋でヴィルフリートと一緒に休む。

ヴィルフリートの態度はそれからも特段変わることはなかった。日中はくだけた態度ながらも、どこか一線はひいている。ヴィルフリートは、人前はもちろん、誰の目もない馬車の中でも、リアナに触れてくることはほとんどなかった。性的なことを感じさせる言動も一切ない。だけど別に冷たかったり他人行儀な訳でもない。特に何かを意識している訳でもなく飾らない態度で、居心地も決して悪くはなかった。リアナも最初に感じた気詰まりさはなくなって、構えたところもなく隣にいられた。黙っていても会話していても二人の間にはごく自然な時が流れるようになっている。

しかし、夜、寝台に上がるとその様は一変した。ヴィルフリートは昼間の態度が嘘のようにリアナに触れてきた。身体を繋げない日も、口づけて舌を絡ませ、優しく肌を撫でる。そして腕の中にリアナを入れて眠る。

閨事の時はやっぱりどこか強引で少し意地悪だった。淫らな言葉でリアナを困らせ煽って乱れさせる。激しく求められた夜の次の日は、余韻がまだどこか身体の奥に残っているようで、時折ぼうっとしてしまうことがあったが、そんな時、はっと我に返り妙な恥ずかしさからヴィルフリートを盗み見ても、彼はいつも涼しい顔だった。どこにも、昨夜の艶やかさは、欠片《かけら》すら見当たらない。だから、リアナは時折ものすごく不思議な心地になった。昼の彼と夜の彼の落差に戸惑い、心が揺さぶられる。でも、それは妙に刺激的でもあった。涼しい顔の裏にあるものを思えばぞくりとしたものが背中を走る。

そうやって過ごすうちに、あっという間に時は過ぎ、気付けば、ネールの手前の街まで辿り着いていた。

ここで、リアナはヴィルフリートと一旦別行動をとることになった。リアナは最低限の護衛と侍女と一緒にこの街に宿をとって残され、ヴィルフリートは残りの者とネールに入る。それは、一応、リアナの身の安全を考えてのことだった。

ネールは戦の後のゴタゴタが収束しているとは言い難く、まだ整備も進んでおらず、治安が良いとはいえない。野盗の類があちこちに多く出没し、その中にはけっこうな武装した者までいる。特にこの混乱に乗じた隣国メルヴィルからの流れ者の質が悪く、その情勢を更に悪化させているとのことだった。ネールに近付く程にそんな噂が耳に入る。精鋭の騎士を多く帯同させ一目で帝国の一行だとわかるヴィルフリートたちから強奪を企てようとする者はさすがにそうはいないとは思うが、万が一のことを考え、国境沿いまで見て回る予定の視察にリアナは連れて行かないとの判断が下りた。

ネール手前のこの街はここらあたりで一番栄えていて、宿泊施設もそれなりのものがあった。それで、リアナは街の宿屋の中でも一番上等なところを借りてもらい、少しの間、そこで留守番をすることになったのだ。

その宿屋に立ち寄る際に一旦、馬を休ませるために少しばかりの休憩を取ることになった一行が人から目立たない適当な場所をみつけて落ち着くと、リアナは出立前のヴィルフリートに人気のないところへと連れ出された。

皆が休んでいる場所から少し離れるとちょっとした小川が目の前に現れた。そのほとりでヴィルフリートは立ち止まる。後ろからついてきたリアナは振り返ったヴィルフリートの視線に促されるようにしてその隣まで足を進めた。

ちらと周囲を確認すると、こちらを見ている数人の騎士たちの姿が見えた。たぶんヴィルフリートの護衛を普段から担っている者たちだろうとリアナは思った。

リアナはそれが妙に気になって気忙しげな顔でヴィルフリートを見た。

「陛下。共の者はお連れにならなくても大丈夫なのでしょうか。あまり離れると……」

そこでヴィルフリートは少し驚いたような顔をした。何かおかしなことを言ってしまったのかと咄嗟《とっさ》に口を押えたリアナは慌てて頭を下げた。

「申し訳ありません。出過ぎた発言でした」

すると、ふっとヴィルフリートが息を吐いた音が聞こえた。

「いや、大丈夫だ。気を害したわけではない」

「私などが申すようなことではありませんでした。お許しください」

「相変わらず、真面目だな」

何か空気が動いた気配を感じて顔を上げたリアナの、結い上げている髪の後れ毛がかかっているあたりの首筋を、ヴィルフリートが触れるか触れないかぐらいの軽いタッチで撫でた。その感触にリアナは驚いてヴィルフリートを見上げる。夜の就寝前や閨事の流れ以外でそんなところに触れられたのは、視察に出てから初めてであった。

ヴィルフリートは笑みを引っ込めてすっと表情を変えると口を開いた。

「そこまで時間はかけずに一通り見て回ったら一旦この街に戻ってくるつもりだが、少しの間、不自由な思いをさせる」

リアナはその言葉に表情を引き締めた。

「私は不自由などという事は思っておりません。私のことはお気になさらなくても大丈夫です……どうかお気をつけて」

「……物分かりがいいな」

そう言ったヴィルフリートの表情は特に抑揚がなく、その様子から心情を推し量ることは出来なかった。

「リアナ」

「なんでしょうか」

いつものヴィルフリートとはどことなく違っているような気がして、リアナはその違和感を確かめるかのようにヴィルフリートをじっと見つめた。

「大人しく待っていろよ」

「……はい」

大人しくとはどういう意味だろうか。その言葉にわずかに疑問を抱いたリアナは少しだけ首を傾げた。それでも神妙な顔をして頷くと、ヴィルフリートはまるでリアナを安心させるかのように表情を和らげた。

「ここらあたりはそこまで物騒ではないと思うが、何があるかはわからない。念のためあまり出歩かず、もし外に出る時は必ず護衛を帯同させるんだ」

「承知しました」

リアナは納得がいったように素直に頷いた。

「退屈だと思うが、少しの間だけ我慢してほしい」

気を遣ってもらっていると思い、リアナはヴィルフリートに感謝の気持ちを込めて微笑んだ。

「陛下、私は大丈夫です。陛下も道中お気をつけくださいませ」

「ああ」

リアナが真剣な眼差しで見つめると、ヴィルフリートは短く言って頷いた。

そうして、ヴィルフリートはそれからしばらく後、ネールへと発っていった。


ヴィルフリートの言いつけを守り、リアナは、その後の日々を宿屋の部屋でじっとして過ごしていた。それはお世辞にも快適といえる日々ではなかった。でも、もしここで何か不測の事態が起これば、ついてくれている侍女、護衛のために残っている騎士たちはもちろん、今、リアナに少しでも関わっている者たちや周りの人間に多大な迷惑がかかる。そして、それは最終的にヴィルフリートの足を引っ張ることへと繋がる。そう思えばどんなに退屈でも部屋の中で大人しくしてヴィルフリートの戻りをただただ待つことしか、リアナには出来なかった。

退屈をまぎらわすために話し相手になりそうなのは侍女だけだったが、この侍女はもとより口数が多い方ではなく、それはリアナも同じだ。それに、話をするにしても、何を話してよいのか、適当な話題がリアナには思いつかなかった。それでも、リアナの退屈ぶりを見てとったのか侍女がどこからか調達してくれた本を読んだり、刺繍《ししゅう》道具を使って簡単な刺繍をしたり、ごくたまに許されるわずかな範囲で騎士を帯同させて少しだけ散歩したりしながら数日を過ごした。

無為な時間の多い日々は流れる時間もゆっくりだ。そして考える時間がそれだけあると、嫌でも色々なことを考えてしまう。ヴィルフリートが隣にいる時はよかった。意識しなくても自然と彼のことで頭が占められていくから。それだけを考えていても許されるような気がするから。

夜、寝台の上に横になると少し前まで隣にあった温もりを無意識に探してしまう。あの、温かさが、匂いがどれだけ自分に安心感を与えていたのか思い知らされてしまう。それは恐ろしいことだった。今まではずっと一人で寝ていた。比較すれば、ヴィルフリートと一緒に寝ていたのなんてほんのわずかな期間になるだろう。でも、もう依存してしまっている。一人だったら、絶対に知ることはなかった寂しいという感覚。こんな風に思ってはいけないことだった。だってヴィルフリートと一緒に眠るなんてことは、視察の間だけの特別なことで、城に戻ればまた以前の生活に逆戻りだ。そこに戻ることは決まっていることなのに耐えられないなんて思ってしまったらこの先、どうすればいいのだ。

そんな風にリアナが自分の心を占めるヴィルフリートの存在の大きさを思い知って慄いた矢先、

思ったよりも早く彼が戻ってくるとの知らせがリアナにもたらされた。

リアナは少し拍子抜けしたような気持ちでその知らせを聞いた。なんでも、ネールの中でもそこまで荒れていない地域におあつらえ向きに領主の別邸としたような形で使われていた建物があり、そこが視察の本拠地として使用できるということだった。リアナもそちらに移されるということで、ヴィルフリート自らが迎えに戻ると聞き、リアナは慌てて侍女と一緒に荷をまとめた。もとより、そこまでそこに多くの荷を持ち込んでいた訳でもなかったので、早々に準備を終えるとそのまま待機をして、しばらく経ってからまた呼びにきた騎士たちと一緒に少しの間滞在した宿を後にした。

街の中心部を避けて適当な場所で合流したヴィルフリートは数日振りで、なんだか一層凛々しく見えた。ネールの治安が悪いと聞いていたリアナはそこに行くヴィルフリートの身を案じていたので、まず最初に胸に広がったのは安堵だった。それから、やっぱり嬉しさ。顔を見ると再び会えた喜びが胸にこみ上げて、その気持ちが急激に膨らんだものだから、なんだか苦しくもなった。

「リアナ」

馬を降りて近づいてくるヴィルフリートに向かってリアナは深々と頭を下げた。

「陛下。ご無事で何よりです」

「戦地に赴いていた訳でもないのに大げさだな」

ヴィルフリートは少しだけはにかんだように笑った。笑うと鋭い目つきが和らぎ、その笑みに一瞬、目を奪われる。

しかし、すぐにヴィルフリートはその笑みを引っ込めると、真面目な顔で口を開いた。

「悪いが、すぐに発つ。ぐずぐずしていると日が暮れるからな。今からは馬で移動する。馬に乗ったことは？」

「あります」

急いでいる様子にリアナはすぐに頷いた。周りを見ると、リアナの護衛で残っていた騎士も慌ただしく出発の準備をしている。リアナは促されるままにヴィルフリートが乗ってきた馬に近付いた。ごく自然な仕草でヴィルフリートはリアナを馬に乗せるために身体をぐいっと持ち上げる。まさか、ヴィルフリートの馬に乗せられるとは思わなかったので、リアナは驚きを隠せなかったが、それでも素直にそれに従ってするりと馬上へと移動した。それは、明らかに馬に慣れているものの動きで、リアナも自然と身体が動いてしまったことに気付いてはっとしたが、すぐに後からひらりと馬に跨ったヴィルフリートは特に気にしてない様子でぐっと後ろから体を寄せてきた。

「大丈夫か」

身体を固くしていると、ヴィルフリートが耳元で囁くようにして尋ねてきた。後ろからリアナを包むように迫る身体が密着している。低い声にその状態をありありと意識させられてリアナはなんだか急に落ち着かなくなった。背中や腰回りに感じるがっしりとした体躯に色々なことを思い出させられてしまう。そんな自分の動揺を押し隠すようにリアナは慌てて頷いた。

「舌を噛まないように注意しろ」

それだけ短く言うと、ヴィルフリートは自分の馬を取り囲むようにして列を整えた一行の準備が終わったことを確認して、慣れた様子で隊を出発させた。

街を出た一行はすぐに速度を上げた。太陽が低くなってきている。その雰囲気からリアナはヴィルフリート達が日程的に厳しいところを、無理をしてリアナを迎えにきたのではないかと思った。この後の予定の兼ね合いとかでそうせざるを得なかったのかもしれないが、なんだか自分のために無理をしてもらったような、申し訳のない気持ちになってくる。

しばらく進むと、流れる景色は姿を変え、いつの間にか鬱蒼《うっそう》とした木々が周りに広がっていた。一行は列を細長くして獣道のような山道の上を進み始めている。目に見えて速度が落ち、横を見ると木々が斜めになっている。どうやら斜面を避けながら、山の中を進んでいくらしいと気が付いて、リアナはきゅっと唇を引き結んだ。

「近道をする。道が悪くなるから気をつけろ」

「はい」

リアナはその言葉に短く答えると、舌を噛まないようにすぐに口を閉じた。前方に目を凝らすと、木々の合間になんとなく形が見え隠れする斜面は角度がきつくなっていっているような気がする。こんな山の中を通って大丈夫なのだろか。何とも言えない不安な気持ちが胸に広がったが、何も出来ないリアナはただただ前方を見据えた。

しかし、しばらく経つと、リアナはすぐに自分の心配が杞憂だということに気付いた。一行は一定の速度を保ちながらも慣れた様子で山の中を進んでいた。それに、よくよく見れば、前方に見えている道の先々にも大きな木や枝が茂ったところはなくて、馬に乗った人が通れるような空間が確保されている。ここはたぶん、足場は悪いが、人々が利用しているれっきとした道なのだ。そして、もしかするとヴィルフリート達はこういった道を利用することもよくあることなのかもしれない。

そんな風に考えながら揺れに身を任せていると、突然、順調に進んでいた馬達が、前から順番に次々と動きを止めた。

【25】

馬が止まった理由は単純なことだった。何のことはない、前が詰まったのだ。リアナが乗ったヴィルフリートの馬も前から少し距離を開けてゆっくりと歩みを止めた。

「なんだ？」

ヴィルフリートが訝しそうに呟く。馬たちの鼻息とその場で足踏みをする音が妙に静かな森に響いた。リアナは最初、前の列の誰かに何らかの問題が起きて、進めなくなってしまったのかと思った。細い道なので、一人が立ち止まればその後に続く者たちも止まらざるを得ない。

しかし、そう思っていられたのは束の間だった。遠くの方で鈍い物音がして、次いで誰かが叫んでいるかのような声が聞こえた。

物音や人の声は一瞬だけではなく絶え間なく続き、にわかに騒々しくなっていく。周囲の騎士たちに何とも言えない緊張感が走るのが見て取れた。突然の不穏な状況にどうすればいいのかわからないリアナがヴィルフリートを振り返ろうとした時、後ろから低い声が発せられた。

「バーナード！」

すると、すぐ前にいた騎士がひらりと馬から下りた。その男がこちらを見たところで、間髪を入れずヴィルフリートは二の句を告げた。

「前に行って様子を見てこい」

「はっ」

バーナードと呼ばれた騎士は俊敏な動きで踵を返してすぐさま列の前方へと向かった。列をなしている馬たちの横をすり抜けていく。リアナはその後姿を固唾を呑んでじっと見つめた。道は真っすぐではなく、周りに木々が生えているところもある。列の先頭まではこちらからは見えていなかった。バーナードの姿もいずれはそのまま視界から消えるかと思われたが、彼はしばらく進むとあるところでぴたりと動きを止め、少しの間だけそこに留まってからくるりと向きを変えてこちらに戻ってきた。そして、戻りながら何事かを叫んだ。

「……敵襲！」

最初のうちは何を言っているかわからなかったが、すぐにそれははっきりと耳に届いた。

「敵襲？」

何を言っているんだと言わんばかりに、ヴィルフリートが口の中でその言葉を反芻した。その直後、馬が軽く揺れ、後ろの温もりがふっといなくなった。ヴィルフリートが馬から下りて地面に降り立ったのだ。

その間に、驚くべき速さでバーナードは戻ってきた。ヴィルフリートの前にぴしりと立つと、息をきらせている様子もなくすぐに口を開いた。

「どうやら先頭が賊の類と思われる者たちに鉢合わせ、襲撃を受けた模様です。現在、目下交戦中で指揮はゲオルグ副隊長が執っているとのこと」

「賊……？　こんな場所でか。荷もないのに……？　不自然だな」

ヴィルフリートは考え込むように眉を寄せてから顔つきを険しくさせた。

「賊の目的、こちらの正体をわかってのことかは、まだ判別がついておりません」

「まあ、ゲオルグならばいずれ追い払えるだろう。こんな場所では人数をかけての襲撃は無理だ。お前はゲオルグのところに行き、なにかわかったことがあればすぐに報告しろ。他の者は下馬して念のため横からの襲撃を警戒」

「はっ」

ヴィルフリートが淡々と指示をすると、バーナードはまた踵を返し、その言葉が聞こえた近くの者たちがさっと馬を下りた。

軽く息を吐いたヴィルフリートが顔を上げる。すると、強張った表情で窺うように見ていたリアナとばちっと視線があった。

「リアナ」

ヴィルフリートは安心させるかのように少しだけ表情を和らげた。

「お前もひとまず下りろ。もし何かあって馬が暴れたら危ない」

言いながら、ヴィルフリートはリアナに手を差し出した。リアナがこくりと頷くと、身体にするりとヴィルフリートの腕が巻き付いて、抱えられるようにして馬から下される。

「大丈夫だ。ここまで賊が迫ることはまずないだろう。もし何かあっても皆でお前を守る」

「……はい。ありがとうございます」

ヴィルフリートがリアナの不安を取り除こうとしてくれているのがわかって、リアナは真面目な顔で礼を述べた。賊と遭遇したと聞いてもヴィルフリートが傍にいるせいか、不思議と恐れは感じない。でもやはりそこはかとない不安感が胸を覆っていた。

その時、今度は列の後方から、前方と同じような物音と人の声のようなものが聞こえた。その音にはっとしたヴィルフリートがリアナから身体を離す。

前方と後方、両方から物々しい騒音が聞こえてきて、周囲には判別のつかない音が散らばっていた。リアナはその中でふと、パンといった、なにかがなにかにぶつかる、乾いた音を聞いたような気がした。

さすがに不吉なものを感じた次の瞬間、リアナの隣に静かに立っていたヴィルフリートの馬が急に嘶き、前足を上げてその場で二、三度足踏みをした。

はっとしたリアナは突然のことに当然驚いた。次々と起こる予想しなかった状況に不安を感じていたせいもあってか少しだけ恐怖心が働き、無意識に馬と距離を取ろうと足を馬とは反対側に踏み出す。

「どうした」

人や馬の身動きが取れなくなっているこんな場所で、馬に興奮されては危険だ。注意を他に向けていたヴィルフリートがすぐに馬に手を置いて宥めにかかった。リアナはそれを横目で見ながら、自分が傍にいて刺激するようなことがあってはまずいと更に距離をとろうと、もう二、三歩、馬とは反対方向へと静かに足を移動させた。

「あっ」

更にもう一歩と足を横に踏み出した時に、かくんとよろめくような感覚を覚えてリアナは短く声を上げた。リアナが想定していた場所に地面がなかった。そこら一帯は木があまりなく草が鬱蒼と茂っていてリアナは気付かなかったのだが、地面はあるところから急に斜面へと変わっていたのだ。思ったところに着地しなかったせいで、足の踏ん張りがきかなかった。

ぐらりと身体が横に傾く。

まずいと思った時にはリアナの身体は大きくバランスを崩していて、どうにもならずにそのまま地面へと倒れていく。

そして数秒後、どさりと草叢へ身体が着地した。

「……っ」

なんとか受け身はとれたものの、衝撃で軽く息が止まる。

更にリアナにとっては運の悪いことに、斜面は途中から傾斜の角度が急にきつくなっていた。勢いのついた身体はリアナの意思とは関係なく、そのままゴロゴロと斜面を転がり出した。

「リアナっ」

ヴィルフリートの焦ったような声が聞こえた気がした。

賊が襲ってきている最中に不注意で倒れた挙句に転がり落ちるなんて、最悪だ。

リアナの心に焦りが湧き起こる。しかし、一旦斜面を転がり始めた勢いのついた身体をどうにかすることはリアナにはもう出来なかった。

ぐるぐると視界が回る。咄嗟にぎゅっと目を瞑った。

どんっどんっと地面のでっぱりに身体のあちこちが打ち付けられる度に衝撃が襲い息が詰まる。どちらが上でどちらが下かもわからなくなって痛みも認識できず、リアナにしてみれば、ずいぶん長い間、それが続いたかのような感覚だった。

しかし、実際には転がり落ちているのはごく短い時間だった。ある時から転がる速さがゆっくりとなり半ば唐突にリアナの身体は動きを止めた。

はっはっと自分が漏らす短い息の音だけが頭の中で響く。

今の状況を把握するためにすぐにでも身体を起こしたかったが、頭がくらくらして手足に上手く力が入らない。痛みの場所ははっきりとしなかったが、全身がじんじんと痺れていた。

リアナはなんとか薄目を開けて焦点を合わせると、今転がってきたと思われる斜面に顔ごと目を向けた。視界の端に、斜面の途中にある鋭い先端を覗かせた折れた木が地面から突き出しているのが見えて、ひゅっと背筋が冷える。

あそこにぶつかっていたら、もしかすると大怪我《おおけが》を負っていたかもしれない。

リアナは転がっている際に、腕や足をむやみに動かせばそこが思わぬ深手を負ったりするかもしれないと半ば本能的に思った。どうにも出来ないと悟った瞬間から、身体への被害を最小限に留めるために、咄嗟になるべく身を縮こませて防御の体勢をとったのだ。

どうやらそれは正解だったみたいだと、突き刺さったらとても痛そうな鋭利な木の先っぽを見ながらリアナは大きく息を吐き出した。

「リアナ、大丈夫か」

投げ出された状態のまま動きを止めていたリアナは、身体が引き起こされる感覚に瞳を瞬いた。近くに焦点を合わせると、珍しく焦ったような表情のヴィルフリートの顔が間近にあった。

「陛下……申し訳ありません」

小さい声でなんとか応じると、ヴィルフリートがほっと息を吐いた。

「怪我はないか。痛むところは？」

言われて身体に視線を向ける。旅装用のシンプルなドレスとその上に纏っていたローブは草や泥がついてひどい有様になっていた。もしかしたら破けているところもあるかもしれない。しかし、今気にしなければならないのは服装のことではなかった。リアナはそろそろと身を捩って軽く手足を動かしてみた。その途端、どこかに痛みが走るということはない。擦りむいたりしているところはあるかもしれないが、大きく痛めているところはなさそうで、リアナは軽く息を吐いた。

「大丈夫……そうです」

「そうか」

ヴィルフリートの顔に明らかな安堵の色が浮かんで、リアナはものすごく申し訳のない気持ちになった。心配してくれていると思うと涙まで滲んできそうになる。

「危なかったな。もっと勢いがついていたら下に落ちていたところだった」

ヴィルフリートの腕からゆっくりと身を起こして、促された方を見てみると、二人がいるすぐ傍の地面はそこから急に途切れていた。つまり、リアナが転がってきた草叢の斜面は崖へと繋がっていたのだ。それを認めたリアナは顔を青くさせた。幸いなことに、その斜面は崖縁で一旦平坦《へいたん》になっており、そのおかげでなんとかリアナは止まることができたのだった。

「陛下！」

上から声が降ってきて、そちらに顔を向けると、何人かの騎士たちがリアナ達のもとへと斜面を下ってきているところだった。

「大丈夫だ。すぐ戻る」

ヴィルフリートが顔を上げて騎士達の方向を見ながらそれに応じる。

そのやり取りを見ながら、少しだけリアナの心が緩んだ。ひとまず大きな迷惑を掛けないで済んだことにほっとしたのだ。しかしすぐに、今はまだ賊の襲撃を受けている途中だったと思い直す。

先程、ヴィルフリートが警戒していた横からの襲撃を、今の状況でもし受けるようなことがあればまずいだろうと心配になった、その時、だった。

リアナはヴィルフリート身体の向こう側の少し離れたところにある背の高い茂みが、がさりと動くのを見たような気がした。それは風などではなく、明らかに何かがいるような気配を感じられるような動きで、激しい違和感を覚える。獣でもいるのだろうかと目を凝らそうとした時、そこからこちらに向けてなにかが飛んでくるのが視界に入った。

ひゅんと風をきってそれは少し手前の地面にぐさりと刺さった。

リアナは飛んできたものを凝視した。それは矢だった。

その音が聞こえたのだろう。ヴィルフリートが素早く振り返ろうとする。しかしその前にまた向こうから何かが放たれようとしているのをリアナはその時、敏感に察知した。

それはもう頭で考えたことではなかった。そうなのではないかと思った瞬間、身体が驚くべき速さで反応した。その大きな身体を力いっぱい横へと押し退け、リアナはヴィルフリートを矢の射程から外そうとした。

しかし、ヴィルフリートを全力で押したことにより、その反動でリアナの身体は崖の方へと大きく傾いた。

ぐらりと後ろに身体が倒れる。

まるで引っ張られるようにして頭の先から、地面が途切れている空間の方へと落ちていく。

リアナはその瞬間の景色の移り変わりをなぜかとてもゆっくり感じた。

緩やかに視界が移動していく。空が見えた。無意識に伸ばした手が何もないところを掴もうとして空しく宙を切る。望みを絶たれたことを思い知らされたかのように全身が強張った。

身体はまったく自由に動かない。傾いていく自分を止められない。

そうこうするうちに嫌な浮遊感が体を包んで、もうだめだと諦めが胸に広がった。何かの感情が湧く余裕もないように思えたがやはり心のどこかでは恐れを感じたのか無意識にぎゅっと目を瞑る。

「リアナっ」

そんな中でもヴィルフリートが自分の名を呼ぶ声だけがやたらにしっかりと耳に届いた。そしてその一瞬後、身体が何か温かいものにぎゅっと包まれたような感覚を覚えた後、リアナは自分が落下していくのをはっきりと感じた。

【26】

どんと身体がどこかに着地して全身に衝撃が走る。しかし、リアナはその衝撃が思った程のものではないことに違和感を覚えて瞳を開いた。

なにかがおかしいと思った。その感覚を確認するために慌てて自分の状況を確かめる。そこでリアナは、信じられないものを見た。

「陛下！」

自分の身体に下敷きになるようにして、なんとそこにはヴィルフリートがいた。その姿を見た時、リアナは心臓が止まるかと思うほどの衝撃を受けた。なぜ。どうして。状況がわからなくて混乱する頭で、慌てて横に飛びのき身体の上から退くと、ヴィルフリートに縋り付くようにして屈みこんでその顔を覗き込んだ。

ヴィルフリート下は気を失っているようで目を閉じていた。痛みを感じているのか少しだけ眉が寄っていてその表情は苦しそうに見えた。

「陛下、しっかりしてください！」

リアナの心に焦りが湧き上がる。負担をかけない程度に肩を掴んで軽くゆすってみたが、呼吸はしているものの、ヴィルフリートからの反応はなかった。

リアナはその時になってようやくその状況に思い至った。ヴィルフリートはリアナと一緒に崖から落ちたのだ。おそらくリアナを庇《かば》う格好で。落ちる前になにか温かいものに包まれてまるで落下中も守られているような気がしたが、一瞬のことだったのでよくわかっていなかった。あればヴィルフリートだったのだ。身体が震える。目の前の状況があまりにも信じられなくて、頭が真っ白になってどうすればいいのかがわからない。心臓が痛いほど激しく波打っていた。

「陛下……ああ……なんで……うそ……」

動揺のあまりはっきり言葉にならないことを口走りながら震える指先でおそるおそるそっと頬に触れた。そこに確かな温もりを感じたがそれは自分の指先があまりにも冷たくなっていたからかもしれない。

なんで自分なんかを。

ひどい恐怖心が心を呑み込み、身が竦んで上手く呼吸ができない。ヴィルフリートがこのまま目を開かなったらどうしよう。嫌な想像に涙がぼろぼろっと零れた。

「やだ……陛下……どうして……」

嗚咽《おえつ》が堪えきれなくて喉から漏れ出る。頬をつたってぽたぽたと下に落ちた涙は少しだけリアナを冷静にさせた。リアナははっと何かに思い当ったような顔をすると、投げ出されるようにして横たわっているヴィルフリートの身体を食い入るように見つめながら、出血している箇所はないか、折れ曲がったりしているところはないか、時には触りながら確認をし始めた。幸いにもリアナたちが落ちたところはしっかりとした背の高い木などはなく、低い木々と草が生い茂る比較的柔らかな場所であった。身体を動かすのには不自由な場所であったが、頓着せずに這い回り、全身にくまなく視線を走らせる。気が済むまで見て回っても特に致命傷となっているような箇所は見当たらなかったが、その事実はリアナを少しも安心させてはくれなかった。

そして唐突にぱっと上を見上げた。自分たちが落ちた高さを確認してみる。崖の頂上は思ったよりも近くにあってすぐに目に入った。すごく長い距離を落下した訳ではないようだったが、リアナを庇って下敷きとなったヴィルフリートの身体にどのぐらいの負荷がかかったかは定かではない。

もしかしたらその衝撃で体内のどこかに深刻な打撃を負ったかもしれない。そのように考えると心臓を鷲掴みされたかのように息が詰まって、不安に押しつぶされそうになる。どれだけの痛みをヴィルフリートに与えたのかと考えただけで崩れ落ちそうになった。

リアナは再びヴィルフリートの傍に屈みこむと、いまだ目を開かないその顔に自分の顔を寄せた。

「陛下……ごめん……なさい……」

次から次へと涙が溢れて止まらない。こんなに自分の感情を制御できなくなったのは初めてだった。どうしてよいのかもわからず頰を撫でながら何度も懇願するようにリアナは呟いた。

「陛下……へいか……」

譫言のように繰り返しながら呼んで、でも返事が返ってくることもなく、よろよろと身を起こす。不安でほとんど押し潰されているリアナは縋るようにヴィルフリートの手に自分のものを重ねると、放心したかのようにその手を見つめた。

「……そんなに泣くな」

とその時、不意に聞きなれた声が耳に聞こえた。はっとして弾かれたように顔を上げると、ヴィルフリートがうっすら目を開いてこちらに視線を向けていた。

「陛下……！」

「……どうした、なんでそんなに泣いている」

どこか痛むのか少し眉をしかめてリアナをじっと見つめた、ヴィルフリートのその顔を見たら、身体の力が抜けるほどの安堵の気持ちが湧き上がって、リアナはまともに言葉を返せなくなった。

「へいか……、あぁ……ご、無事で……ほ、んとうに……、よかった……」

「どこか痛むのか？　もしかして怪我を？」

よく聞き取れない言葉をぶつぶつと口の中で呟くリアナにヴィルフリートは探るような視線を向けてから、肘をついてゆっくりと身体を起こそうとした。リアナは慌ててぱぱっと袖口で涙を拭ってからそれを手伝う。

「……いいえ、私は平気です。それより陛下は……？」

顔をしかめながらそれでもひとまず上半身を起こして、座り込むような形となったヴィルフリートは明らかにほっとした様子で、そうか、それはよかったと呟きながら軽く息を吐いた。それから腕をあげたり脚を曲げたりして身体に異常がないか確認しているような行動を見せる。リアナはそれを支えるかのようにヴィルフリートの背中に手を添えながら横からじっと見守った。

「俺も大丈夫そうだ。落ちる前に高さは大体把握していたし、こんなことぐらいでどうにかなるほど脆くはない」

淡々と答える声を聞いて、リアナは詰めていた息を吐き出した。安心したらまた涙が滲んでくる。

「そ、それはよかった、です……」

その上擦ったような少し震えかけている声に気付いたのか、ヴィルフリートがリアナに顔を向けた。

「なんだ、もしかしてそれであんなに泣いていたのか？　いつも冷静なリアナが珍しいな」

「そ、それは心配します……陛下に、なにかあったら、私は……」

本当になんでもないことのようにヴィルフリートが話すものだから、張り詰めていた気持ちがふっと緩む。鼻をぐずぐず鳴らしながら言葉を震わすリアナを見てヴィルフリートは珍しいものでも見たかのように瞳を瞬いた。

リアナはともすればまた小刻みに震えてしまいそうな唇をきゅっと引き結んだ。まだ残っている涙を拭いて高ぶった気持ちを静めるために息を吸うと、真剣な表情でヴィルフリートを見た。

「助けていただいてありがとうございます。でも、今後は私などを庇うのはおやめください。陛下の御身こそが一番大切です」

ヴィルフリートの眉が寄せられた。

「言うほど大事な身でもない」

「そんなことはございません」

きっぱりと言ったリアナを一瞥してヴィルフリートはまるで呆れたように息を吐いた。

「皇帝だからか？　皇帝といっても代わりはいる。皇位継承には優秀な人間が控えているし、必ずしも俺でなくても国は問題なく統治できるようになっている」

「そういうことではございません！」

リアナにとってこれほど感情が制御できなくなり、気が高ぶったのは、記憶にある中では先程が初めてのことだった。容易く普段の状態に戻れる訳がなく、その余韻のせいもあったのか、ヴィルフリートのその言葉に、常にはないほどかっとなった。

「陛下の代わりなんている訳がありません！　なんでそんなことを言うのですか。少なくとも私にとっては、陛下は誰も代わりができないくらい大切な方ですし、いなくなられたら困ります！　私は陛下でなくては、私は」

感情のままに口を動かして、頭に浮かぶままの言葉が出ていたリアナはそこではっとなった。気付けばヴィルフリートは呆気にとられた顔でリアナを見ている。何を言った？　それに自分は今、何を言おうとしていたのか。その表情に我に返ったリアナは次の瞬間、顔をこれ以上ないほど赤くさせ、狼狽えて口元を押さえた。

「私は、なんだ？」

急に口を噤んでしまったリアナを促すかのように、ヴィルフリートが言葉を反芻する。

ヴィルフリートにじっと見つめられて、リアナは明らかに動揺しながら視線をそらした。

「いえ、なんでも……」

もごもごしながら慌てて誤魔化そうとした次の瞬間、空から声がふってきた。

「お二人とも！　ご無事ですか？」

その声に釣られて二人で一斉に上を見ると、崖上のリアナたちが落ちたと思われる場所から数人の騎士たちが顔を覗かせていた。

「アルバート？」

リアナの記憶が正しければ、恐らく隊長を務めている騎士の名前をヴィルフリートが呟いた。そしてその声に答えるかのようにヴィルフリートもまたそのままの体勢で声を張り上げた。

「二人とも無事だ！」

「横からも奇襲を受けたため、遅くなりました！　賊は片付きましたので今から道を探してそちらへ向かいます」

声の届く範囲とはいえ、崖は切り立っていてとてもつたって降りて来れそうにはない。迂回路を探してここまで来るのにどれぐらい時間がかかるのだろうかとリアナはそのやり取りを聞きながらぼんやりと考えた。

その横でヴィルフリートは空を仰ぎ見て少しだけ考え込んでいる。しばらくするとまた声を張り上げた。

「じき日が暮れる。夜は無暗に探すな。俺たちはここで待つ」

「……承知しました！」

アルバートはそう言ってから一旦引っ込んだ。そしてしばらくすると、少し離れたところに何か袋のようなものがどさっと落とされた。

「野営の道具です。お使いください！」

その言葉を最後に崖上に見えていた騎士たちは次々と姿を消した。空を見ると、日がだいぶ陰ってきている。いつの間にか日没が迫っているのだ。

見るとヴィルフリートはゆっくりと立ち上がろうとしていた。身体の下には折り重なって潰れた小枝や草があり足場が悪い。加えてヴィルフリートはリアナを庇いながら全身を打ち付けているので、いくらひどく痛めたところはなくても、何らかの損傷が身体に残っているはずだ。リアナは慌ててヴィルフリートを手伝い、二人はひとまず平坦なところへと移動した。

ヴィルフリートが動こうとするのを押し留めて、リアナは先程崖上から落とされた袋を取りに行った。持ってみると意外とずっしりしているその袋をヴィルフリートのもとへと運ぶと、ヴィルフリートは中の物を取り出して何かの準備を始めた。

「おそらく今日はここで一晩過ごすことになるだろう。もうすぐ日が沈む。それまでにアルバートたちがここまで来るのは難しいだろう」

リアナは真剣な表情でその言葉にこくりと頷いた。それは先ほどのヴィルフリートとアルバートのやり取りからリアナの中でも予想していたことだった。もちろん野営なんてものは今までにしたこともなかったが、そのことに対して特に恐れや不満はなかった。そもそも、これは自分が崖から落ちそうになったことにより引き起こしたことで、そう思えばむしろヴィルフリートを巻き込んでしまって申し訳ないという気持ちしかない。

「怖いか？」

ヴィルフリートが窺うような顔でリアナに問うてくる。

「いいえ、大丈夫です」

リアナはそれに対してきっぱりと返事をした。ヴィルフリートの目が少しだけ細められる。

「そうか。暗くなる前に火を起こそう。燃やすものを探してくる」

「私も手伝います」

リアナは迷うことなく即座に申し出た。

#【27】

それから二人は手分けして枯れ木や枝、葉を集めた。夢中で拾っていたがその途中でふと自分の服装に目をやると、泥で汚れ、細かな草がつき、破れているところもあってリアナは苦笑いを浮かべた。ひどい格好になっている。一旦集めた枝を置き、髪に手をやってみると纏めてあげていた髪はほつれてぐちゃぐちゃになっていた。仕方なく髪をほどいて手ぐしで整えると、服の泥や草を簡単に払ってリアナはまた枯れ木集めに戻った。

それなりの量が集まると、ヴィルフリートは袋から火打石を取り出して火起こしにかかった。木や枝を集め始めた時には、身体のどこかしらを気にしている素振りはあったものの、次第に慣れてきたのか、ヴィルフリートは意外としっかりとした動きを見せるようになっていた。彼は元は戦場を駆ける軍人で、皇帝となった今でも鍛錬していると聞いたことがあるから身体の作りが違うのだろうか。対してリアナは、あまりにも色々なことがあったせいか疲労を隠しきれなくなっていた。ヴィルフリートに庇ってもらったものの崖から落ちて少なからず衝撃も身体に負っている。どんどん身体が重くなる感覚にヴィルフリートの傍らで束の間ぼうっとしてしまっていた。

「疲れたか？」

それに気づいたのかヴィルフリートが不意に立ち上がると、袋から取り出した布を近くの地面に敷いた。そしてリアナを振り返った。

「ここに横になれ」

「いえ……」

「遠慮するな。休んだ方がいい」

当然断ろうとしたのに、ヴィルフリートはリアナの肩を掴んで無理矢理布の上に座らせる。そして膝を折ると目線をリアナにあわせた。もともと鋭い目つきなので黙って見つめられると威圧感がある。リアナはヴィルフリートの表情から断れないことを悟って口を噤んだ。肩におかれているヴィルフリートの手に力が入る。リアナはその手に促されるようにして身を横たえた。

リアナのその姿を認めるとヴィルフリートは背を向けてまた何事かをし始めた。一旦横になるともう立ち上がれないと思うほどの疲労感が身体を包む。その後ろ姿を見ながらリアナは意識が段々と緩んでいくのを感じた。


ぱちぱちと何かが爆ぜる音が聞こえる。身体がふわふわとしてどこかを漂っているみたいな感覚が心地よい。夢うつつといった体だったがゆっくりと浮上していく意識が拾った音が気になってリアナは瞼を開いた。一瞬、自分がどこにいるのかわからなくて混乱する。いつの間にか、日はすっかり沈み辺りは闇に覆われていた。暗闇の中で煌々《こうこう》と揺らめく篝火がまず目に飛び込んできて、次いで、リアナの足元の方に座り込んでいるヴィルフリートの姿が目に入った。彼はじっと炎を見つめていた。しっかりとした鼻梁と男性的な顎の線が火の明かりに照らされて浮かび上がっている。リアナは半身を起こしながらその凛々しい横顔に目を奪われた。

リアナが起き上がった気配を感じたのか、ヴィルフリートがこちらを向いた。

「起きたのか。気分は？」

「……ありがとうございます。おかげさまでだいぶ回復しました」

横になる前に感じていた身体の重だるさは取れて、頭もだいぶすっきりしていた。ふと下に目をやると自分の身体の上にヴィルフリートのマントがかけられていることに気付いた。

「陛下、こちらありがとうございます。すみません、気を遣っていただいて……」

慌ててそのマントを手に取ると、リアナはそのままヴィルフリートの方へ身を乗り出して手のものを差し出した。

「いや、気にしなくていい。寒くはなかったか」

言いながらヴィルフリートはなぜかそのマントを受け取りはせず、リアナの手に上から触れた。思いがけず温かなその感触にリアナの手がびくっと震える。

「……冷たいな。ちょっとこっちへ来い」

重ねられた手がすっと移動してリアナの手首を掴む。そのまま引き寄せられて、不意を突かれたリアナはヴィルフリートの方へよろめいた。驚いたリアナの身が竦む。そんなことはおかまいなしにヴィルフリートの手が腰に回ったかと思うとリアナはあっという間にその大きな身体の足の間に移動させられた。

「あの、陛下」

いきなりヴィルフリートの逞しい肢体に包まれてリアナはぎゅっと身を縮こませた。リアナを自分の体温で温めようとしてくれているのだろうか。リアナとしては別に寒さは感じていなかったし、その必要もないように思えた。もともと体温は低く手足は平常時でもそんなに温かいわけでもない。むしろヴィルフリートの方がマントに包まれていなかった分、寒かったのではと思ってしまう。それなのに体温を分け与えてもらうなんて恐れ多いような気がした。

ヴィルフリートはリアナの手から落ちてその辺にほったらかしになってしまった自分のマントを拾うとリアナの膝に掛けた。次いで手を伸ばしてリアナが下に敷いていた布をとって自分の肩に背負うように掛ける。そうしてそれでリアナの身を包むように前に手を回した。

「どうだ、温かいか」

「え、あの、はい……温かいです」

ここまでされてはもともと寒くはないとも言いづらい。リアナはヴィルフリートの気遣いを素直に受け入れてこくりと頷いた。むしろ、後ろからヴィルフリートに抱きしめられるようになった格好になることによって、ドキドキして体温が上がり過ぎてしまうような気もした。

「あの、陛下は……」

「俺も温かい。お互いを温め合えてちょうどよいかもしれないな」

そう言われて、ますます何かを言う事は出来なくなった。リアナは気付かれないように小さく息を吐いて、変に力の入る身から強張りを解こうとした。じっと前にある焚火《たきび》を見つめる。二人の間に沈黙が落ちて何とも言えない時が流れた。

しばらくすると、前に回っていた手がほどかれてやや体勢を崩したヴィルフリートが、横にまとめて置かれている枯れ木の一つを掴んで焚火に放った。リアナはそれを見ながらヴィルフリートのマントごと膝をぎゅっと抱えた。自分の鼓動を抑えるかのように脚を胸に押し付ける。こんな状況でこのような感情になるのは不謹慎だとは思うが、他に人の気配がしない静かな夜に包まれたこの場所でヴィルフリートと二人きりになって、鼓動が聞こえてしまうかと思うほどの距離で密着している。妙な緊張感がリアナを包んでいた。

火の調整を終えたヴィルフリートが再びリアナの身体を後ろから包む。今度は自分の膝を抱くように抱えている手の上に、そっと重ねるように手の平をのせられてまた鼓動が速まった。

「温かくなったな」

耳元に落ちた声が身体の芯にじんと響く。

「はい……ありがとうございます」

リアナは平静を装って頷いた。なんだか落ち着かなくなってそのまま黙っていられず、雰囲気を変えるかのようにまた口を開く。

「あの、火を、ありがとうございました」

後ろでふっとヴィルフリートが笑った気配がした。

「別に火ぐらい、礼を言われることでもない」

「でも……私には出来ないことですので」

本当は野営の仕方を教えられた経験がリアナにはあったが、昔のことなので記憶は曖昧だ。たぶん一人だったら今頃寒さに凍えていたはずだった。今時期はそこまでの冷え込みはないが、それでも夜になれば火がないと堪えるぐらいには冷えるだろう。

「俺だって見よう見まねだ。なんとかなってよかったが。戦場で野営の経験は何度かあるが、さすがに火のことまで自分ですることはなかったからな」

そうだ。よく考えればずっと皇太子でその後に皇帝になったヴィルフリートがそんなことをした経験がある訳がない。ヴィルフリートはいつも頼りがいがあるしなんでも涼しい顔でやってのけるので、リアナの中では色々なことができて当然といった感じになっているところがあった。

「それは……そうですよね。申し訳ありません。陛下にそのようなことをさせてしまいまして」

リアナはそこで言葉をきって身を捩る素振りを見せた。ヴィルフリートの顔を見て、きちんと言っておかなければならないと思っていたことがリアナにはあった。

そんな雰囲気を察知したのかリアナの身体に回されているヴィルフリートの腕の力が緩む。重ねられていた手がほどかれると、リアナは半身を捻ってヴィルフリートに視線をあわせた。

「陛下、本当に申し訳ありませんでした。私があのようなところで転んで下に落ちたりするようなことがなければ、こんなところで一晩を過ごす状況になど」

「リアナ」

リアナはまだヴィルフリートに謝っていなかった。それをしないままここまできてしまったことを気にしていた。ヴィルフリートの性格からすればそんなことを気にしてはいないかもしれないが、リアナの中ではやはり申し訳ないという思いが消えない。そして、ヴィルフリートの身を危険に晒した自分が許せない。

そんな思いで口を開いていたリアナの言葉を途中で遮ると、ヴィルフリートは少しだけ表情を和らげた。

「お前のせいではない」

優しく言われてぐっと胸が詰まった。

「でも」

口から出た声は少しだけ震えていた。

「リアナはその辺の令嬢とは違って辛抱強い。そして文句も言わない。ここまで来る間だって色々不自由な思いをさせてきた。詳しく調べなければわからないが、襲ってきた賊はたぶん俺たちを待ち伏せしていた。場合によるとメルヴィル絡みかもしれない。すべては俺の事情によるものだ。そこにリアナをつき合わせている。いきなりあんなことがあって怖かっただろう？　だから巻き込まれたのはリアナの方で、俺がお前を守ったり庇うのは当然のことだ。謝らなければならないのは俺の方だ。すまない」

「陛下……」

真剣な表情で言われて、しかも謝罪までされてリアナはどう返してよいのかわからなくなった。ヴィルフリートがそんな風に思っていたなんて。リアナのことを考えていてくれたと思えばそれは正直、嬉しかった。賊の襲撃の件がヴィルフリートを狙ったものであったとしても、別に巻き込まれたなんて思わない。今回のように足手まといになるだけだとは思うが、ヴィルフリートの命を狙うものがいるなら、自分の身を犠牲にしてでも彼を守りたいと思う。実際、あの、矢が飛んできてヴィルフリートを突き飛ばした時、それでヴィルフリートが助かるのであれば、一人崖下に落ちるくらいの覚悟はあったつもりだった。

「そう思っていただけるだけで光栄です。それこそ陛下が悪い訳ではありません。どうか謝らないでください」

思いがけず深刻な雰囲気になってしまい、リアナはそれ以上、ヴィルフリートに気にしてほしくなくて、抑えた笑みを口元に浮かべた。

しかし、笑みを浮かべながらも、心はちくりと痛んだ。今の言葉からすると、ヴィルフリートは危険をはらむ視察にリアナを連れてきてしまったことに対して、負い目のようなものを心のどこかに感じていて、だから守らねばならないという意識も強くあったのではないかということが察せられた。もしかしたらこの視察の行程中、ヴィルフリートはずっとリアナに対してそのような思いを抱いて接してくれていたのかもしれなかった。だから、リアナに優しかったのかもしれない。

こんな風に思ってはいけない。落胆する立場になど自分はない。一体自分は何を期待していたのか――そう必死に自分を戒めながらも、沈みゆく心は誤魔化せなかった。

「リアナ」

不意にヴィルフリートに呼ばれて、物思いから慌てて我に返ったリアナはぱっと顔を上げた。すると、やたらと近くにヴィルフリートの顔があった。不思議に思いわずかに首を傾げると大きな手が顎をそっと掴む。ヴィルフリートの顔がもっと近づき、柔らかな感触が唇に落ちた。そのまま優しくちゅうっと下唇を吸われ、リアナは自分が口づけをされていることにやっと気付いて驚きのあまり目を見開いた。

顔を離したヴィルフリートがリアナを見てふっと笑った。

「なにをそんなに驚いている」

「えっ、あ……っ、いえ、その」

固まっていたリアナはその言葉にぱっと手で口元を押さえた。そこには、確かにヴィルフリートの唇の感触が残っている。

夜、寝台の上での触れ合いや閨事時以外で口づけをされたのは初めてで、どうして急にヴィルフリートが今、この状況でそんなことをしたのかがわからなくてリアナは激しく困惑した。

唇も含めてリアナの身体に触れるのは欲を感じた時だけではないのか。だって自分は寵などはもらえない存在で、だから、身体的な接触に特別な意味なんてない。欲の解消までに至らない時は寝所を共にして隣にいるからただなんとなく触れたくなるのだろうなとリアナは思っていた。城にいた時の部屋への訪れだって、側妃の体面を保つためだけだったら本当に閨を共にする必要はないのだから、結局は欲の解消も兼ねているのだろう。

じゃあ、今のはどういうことなのか。

全くそんな兆候などはわからなかったが、欲を感じた、ということなのだろうか。

リアナはまじまじとヴィルフリートを見つめた。

「そんなに俺が今したことがおかしいか」

あまりにリアナが驚いて狼狽えたからだろう。ヴィルフリートの眉がひそめられた。そんな風に言われてリアナはますます焦ってしまう。

「いえ、そういう訳ではないのですが……」

しどろもどろながら言葉を濁そうとすると、そうはさせないとばかりにヴィルフリートの眼光が鋭くなった。

「ですが、なんだ？」

見つめられて、リアナは変な汗までかいてきた。なんでこんなに自分が責められるような状況になっているのだろうと思う。口づけをしたのはヴィルフリートなのに。こんな場所でこんな突然に、何かの意図を持ってしたのではないのか。それを察するのがリアナの役目のはずだ。

「……ここで、その、伽を……？」

誤魔化せる雰囲気でもなくて、意を決してぼそぼそと小さな声で聞いてみる。直接的なことを聞くのは憚《はばか》られたが、はっきりと意図が伝わらなくてもっと追及されても困る。本当は察して自ら身体を開かなければならないのかもしれないが、リアナにはそんな芸当は到底できない。だから意図を尋ねてそれに備えるしかない。それでも恥ずかしさのあまり、それを口にした時は顔が熱を持った。

リアナの言葉を聞いたヴィルフリートが瞳を瞬いた。驚いた様子でじっとリアナを見る。

「……いや、するつもりはないが」

きっぱりと否定されてますますリアナは混乱する。じゃあ一体なんだというのだ。そんなことを彼がするなんて思いも寄らなかったが、特に意味のない気まぐれ的なものだったのだろうか。だとしたら、とんだ的外れなことを聞いたのではと、リアナの胸には更なる羞恥心がこみ上げた。顔が火照り、とてもじゃないがヴィルフリートの方を見ていられなくなった。

「なんで、そんなことを思った？」

質問されても上手い返しが浮かばず、リアナは口ごもった。どう言ったらいいのかわからなくて、俯いたまま顔を上げられない。するとヴィルフリートが焦れた様子でリアナの顔を覗き込んだ。

「リアナ」

窘めるような口調で名前を呼ばれて、しぶしぶ目線を上げた。すると、まともにヴィルフリートと視線がぶつかり、仕方なく口を開く。

「……陛下は、私には、情をお持ちにはならないはずです。だから、その、そういうことをされるということは、そのようなお気持ちになったのかと」

リアナは小さい声で自信なさげにヴィルフリートにそれを告げた。さすがにもう直接的なことは言えなくて、遠回しな言い回しになったが、大方の意味は通じたはずだった。口にするとそれは、リアナの心を少しだけみじめにさせる。わきまえなくてはいけないと思っているリアナにとってはこんな気持ちを抱くのも良くないことではあったが、心を誤魔化すことも限界にきていて、それはもう仕方のないことにも思えた。

ヴィルフリートがそれを聞いてはっとしたような表情を見せた。視界の隅でそれがわかって、リアナは下げかけた視線を上げる。

「それは、俺が最初に寵を期待するなと言ったせいか？」

「……え、はい……そうです」

硬い口調で問われてリアナは迷った素振りを見せた後でこくりと頷いた。今更、なんでそんなことを確認するのだろうか。

「……そうか。まあ、それはそうだよな。確かにあれは俺が言ったことだ。お前を愛することはない。寵などは期待するなと言った」

確認のようにもう一度言われて、どう反応していいのかもわからず、リアナは困ったように瞳を瞬いた。

「……ご心配なさらないでください。わかっております」

そうだ。ちゃんとわかっている。自分の心は誤魔化せなくても、ヴィルフリートの前ではわきまえている姿勢を貫いてみせる。勘違いなど、してはならないのだ。

「違う。確かに言ったが、あれは皇帝の立場としての言葉だ。俺の本意ではない」

「え？」

今、何と言ったのか。

リアナは虚を突かれた顔でヴィルフリートを見つめた。それでも、何か重大なことを言われている気分になって、自分の心臓がどくんと大きく震えた音が聞こえたような気がした。

「大体、本当に寵を与えないと思っている女をあんな風に抱いたりはしない。リアナは俺が皇帝としての立場からお前と閨を共にしていると思ったか？」

「……違うの、でしょうか」

それ以外には考えられない。そうだと思ってリアナはこれまでわきまえてきたつもりだった。

リアナはヴィルフリートの真意を探るようにその顔をじっと見る。リアナの身体を包んでいた腕は解かれたものの、二人の身体はまだ近い距離にあって、二人は束の間、至近距離で互いを見つめ合った。ヴィルフリートの真剣な眼差しがリアナの鼓動のリズムを加速させる。ぱちっと一際強く火の爆ぜる音が辺りに響いた。

「違う。リアナはどうだ。俺に抱かれるのは側妃としての義務だからか？」

「え？」

思ってもないことを聞かれて、動揺したリアナは瞳を揺らした。これはどう答えればいいのだろう。もちろん側妃としての義務なんてものではない。でもそんなことを言ってもいいのだろうか。ヴィルフリートは寵を与えないと言ったことは自分の本意ではないと言った。そして、閨を共にしているのは皇帝の立場としてではないと。これはどういうことなのだろうか。自分のいいように解釈してもいいのだろうか。

リアナの心は大きくかき乱された。自分の立場がはっきりしなくなって、足元がぐらぐらしているような心地がする。何を言ってどう振る舞うのが正解なのかも、もうまるでわからなくなった。

「リアナ」

小刻みに震える指先を包むかのようにヴィルフリートの大きな手が重ねられた。そのまま筋張った指に指先を撫でられて、ぐるぐる回る思考が強制的に中断される。

そっと視線を戻すと、自分を覗き込んでいる強い眼差しとぶつかった。今は皇帝としての威圧感はひっこめているけれど、火の明かりに照らされた強い意志を感じさせる瞳に絡めとられる。嘘など、つけない気がした。

ごくりと唾を呑み込む。

唇が小刻みに震えるのが止められない。あまりの緊張に頭の奥が痺れた。心臓が早鐘を打ったかのように脈打っている。

「……違い、ます……」

ヴィルフリートの問いを否定しながら、リアナは胸の内をさらけ出しているような気分になった。言葉にした途端、喉に何か熱いものがこみ上げてくる。感情が溢れそうになり、潤んでしまう瞳をどうにかしたくて瞬きを繰り返した。

「リアナ」

すっと近づいてきた指が慈しむように頬を撫でる。今度は優しく名前を呼ばれて胸がきゅっと締め付けられた。

「そんな顔をするな。抑えられなくなる」

頬にあった指が耳を撫で、そのまま耳の後ろを通って首の方へと落ちてくる。大きな手のひらが顔周りを支えるように添えられてリアナは自然と顔を上に向けた。そこにはもうヴィルフリートの顔があって引き寄せられたように瞼を閉じると、柔らかい感触が唇に落ちる。

胸が震えた。心の中は、嬉しさと驚きと困惑と不安と、色々な感情がないまぜになってもうぐちゃぐちゃだった。あまりに感情が揺さぶられて苦しい。きつく瞳を閉じた。

角度を変えて何度も唇が擦れあう。うっすらと唇を開けば入り込んできた舌が柔らかい口内を蹂躙した。そのうちに舌が濃密に絡み合って、まるで行為中かのような深い口づけへと変化していく。

気付けばリアナの身体は完全にヴィルフリートの方を向いていて、その逞しい首に腕を伸ばして縋り付くような格好になっていた。ヴィルフリートの手はリアナの腰を支えていて、時折背中を愛おし気に撫で上げる。

やっぱりヴィルフリートが好きだと強く思った。愛していると。

自分の立場も、相手の立場も、国のことも、取り巻く状況もすべて忘れて。

今はただ、この瞬間だけがあればいいと思った。

【書き下ろし番外編】

その城館はとても大きかった。

外から見てもそびえ立つような存在感を放っているその石造りの建物は、中に入っても大変に広く、そして煌びやかな雰囲気を漂わせていた。

ネールへの道中にて本日の宿泊場所として立ち寄った場所は事前に城館と聞いていたがほとんど城で、リアナは今、その中の案内された広々とした部屋で晩餐に呼ばれるまでのひと時を過ごしている。

ヴィルフリートはここでも、いつもと同じように到着してすぐにどこかに行ってしまっていた。侍女も荷をといた後で少しの間、席を外している。リアナは移動の続く日々によって少しずつ疲労を蓄積しつつある身体をソファの背もたれに預けた。ずっと馬車に揺られていたせいで腰が痛い。

やっとゆったりした場所に身を落ち着けた安堵感が身体を包んだ。

ふうとため息が知らずと口から漏れる。目を瞑るとうっかり眠りに落ちてしまいそうな予感がした。

――コンコン。

どれぐらいの時が経ったのだろうか。リアナは静かに扉を叩く音に意識を引き戻された。

「はい」

慌てて姿勢を正して返答をすれば、聞きなれた声が耳に届いた。

「タニアです。よろしいでしょうか」

いつもの侍女だった。

「入って」

声を掛けると扉が開いた。失礼しますと言いながらゆっくりと部屋に入ってきた侍女はリアナの近くまで来てから口を開いた。

「リアナ様。そろそろ着替えませんと晩餐に間に合いません」

「わかったわ」

リアナはその声に応えて、先程までうたた寝をしていたとは感じさせない動きでソファから立ち上がった。


晩餐はこの城の中でも特別豪華な広間で行われた。敷き詰めてある絨毯《じゅうたん》も、料理や食事の用意が整っているテーブルも、部屋の周りに配置されている調度品も、どれも豪奢で値打ちものであることが見て取れる。

城の大きさで言えばリアナが現在住んでいる王城に比べると規模は劣るものの、そこかしこに、こちらの主の豊かさが窺えた。

この土地の領主であるベルギウス伯爵とベルギウス伯爵夫人、彼らの息子と娘、そしてヴィルフリートとリアナでメインのテーブルを囲み、晩餐は和やかに行われた。

ベルギウス伯爵は口ひげを蓄えたいかにも押しが強そうな壮年の男性だった。その隣に座っている夫人も控えめというよりかは前に出るタイプのようで、装飾の多いドレスを着込んで積極的に会話に入り、相槌も熱心にうつ。対してその二人の子供は皇帝であるヴィルフリートの前でもあるせいか、相槌は欠かさないものの滅多に自ら口を開くことはなかった。

「陛下。我が領地はご覧いただけましたか」

「ああ。来る途中馬車から見せてもらったが、実りが豊かだな。他の地にも分け与えられるほど収穫が見込めるのは素晴らしいことだ」

「お褒めいただき光栄です」

伯爵は満足そうに微笑みを浮かべた。

ベルギウス領は広い領地を有し、しかもその多くが穀倉地帯ということもあって領内でたくさんの穀物を栽培している。そのため、積極的に他の領地へも収穫した穀物を供給しており、そのおかげでベルギウス伯爵はかなり良好な領地経営が行えているらしい。それは城の様子と伯爵夫妻の身なりを見れば一目瞭然だった。

「せっかく陛下にお越しいただいたので、精一杯おもてなしをさせていただきます。不自由なことがございましたら何なりとお申し付けください」

「ああ」

ヴィルフリートは鷹揚に頷いてからグラスに入った果実酒を口に含んだ。

「今のところ不自由は何もない。なかなか良い城だな。心配りは有難く思う」

王都からネールまでの最短の行程だと、ベルギウス領を通ることは通るが、この城の位置はそのルートから若干外れていた。それでもベルギウス伯爵は前々からヴィルフリートにぜひ滞在をと申し出ており、今までは戦地に赴くということで断っていたものの、今回はそれを退けられなかったらしい。仕方がなく少し迂回をしてこの城に寄ることとなった。そのあたりの事情を聞いていたリアナはベルギウス伯爵の満足げな笑みに心の中でこっそりと苦笑をした。もちろん表面上はもちろん取り澄ました顔で食事を続けている。

すると、ベルギウス伯爵夫人が親切そうな笑みを浮かべてリアナに話し掛けてきた。

「リアナ様は何かご所望のことはございますか？　長旅でお疲れでしょう。申し付けてくだされば何なりとご用意いたしますので、どうか遠慮はしないでください」

「ありがとう。ご親切痛み入ります。でも、十分良くしていただいてますわ」

「そうですか。実はお泊りいただく部屋には特別に設えた浴室が備え付けてございます。いつでも湯を使えるようにしておりますので、どうぞそちらで疲れを落としてください」

リアナはもう一度お礼を言ってにこりと笑った。

「陛下ももしよかったらお使いくださいませ」

隣で話を聞いていたのか、夫人の言葉を継いだ形でベルギウス伯爵が会話に入ってきて、なぜか意味深にヴィルフリートに向けて微笑んだ。

「ああ」

ヴィルフリートは素っ気なく応じた。

リアナはそれを横目で見ながら取り澄ました顔に戻った。


晩餐がつつがなく終わり、ヴィルフリートはベルギウス伯爵とその息子と一緒にサロンへと消えた。リアナはベルギウス伯爵夫人が部屋まで送ると申し出たので後について広間を出る。ところが、部屋まで戻る最中で絵画や骨とう品などを飾った部屋に連れ込まれて、若干自慢話とも思えなくもない説明などを聞いているうちにだいぶ時間が取られてしまった。最終的に部屋に戻った時には晩餐が終わってからそれなりの時間が経過していた。

すぐにいつもの侍女が現れてリアナのドレスを脱がしにかかる。結い上げていた髪の毛も下ろされ梳かされて入浴準備へと取り掛かっているようだった。

そのすべてを侍女がやたらにてきぱきと行うのをリアナはわずかに不思議に思った。何だかいつもよりも少しだけ急いでいるような節を感じた。

じっと見つめるとそんなリアナの様子を察知したのか、手を動かしながら侍女が口を開いた。

「リアナ様。申し訳ありません。少しだけ急がせていただいております。陛下がお待ちになられておりますので」

リアナは瞳を瞬いた。

「陛下？　陛下はもう戻られているの？」

部屋の中にその姿がなかったので、リアナはヴィルフリートはまだ戻って来ていないと思っていた。既に戻ってきていると聞いて驚き、きょろきょろと部屋の中を見回す。

「はい。少し前に」

「どちらにいらっしゃるの？」

「入浴されております。リアナ様が戻られたらお連れするように言われておりますので」

「え？」

言われた言葉に耳を疑ったところで、コルセットを取り去った身体にほとんど透けそうな薄い布地のガウンを着させられた。その襟元の乱れを直すとこれで完了とばかりに侍女がリアナから一歩下がる。

「陛下がお待ちしておりますので浴室にお向かいください。私はそちらには入れませんのでここで失礼いたします。何かございましたらお呼びください」

驚いて唖然としているリアナを置いて、一礼をした侍女が部屋を出ていく。ぱたんと扉が閉まる音が静かな部屋に響き渡った。

ヴィルフリートが浴室で待っている？

リアナははっと我に返ると慌てて浴室に向かった。

侍女はヴィルフリートが戻ってきたのが少し前だと言っていたので、まだそれからそんなに時間が経過している訳ではないのかもしれないが、これ以上彼を待たせてはならない。

せかせかと歩いて浴室と思われる扉の前まで行くと、コンコンとノックをしてみた。少し待っても返事がなかったので、ゆっくりと扉を開き、隙間から中を見渡してみる。

特別に設えたというだけあって中は浴室にしてみればとても広かった。入ってすぐのところは椅子や棚が置かれていて、脱衣所のような空間がとられている。

リアナはそこに一歩足を踏み入れた。間に中途半端な大きさの仕切りがあり、そこまで進んで先を覗くと奥まったところに大きな浴槽がどんと置かれているのが見えた。

「陛下。失礼いたします。リアナです」

その浴槽の中に身を浸しているヴィルフリートが見えた。縁に腕をのせてリラックスしているような様子である。

「来たか。入れ」

「はい」

その声に促されて仕切りを越えようとしたリアナはふと自分の姿に目を留めた。下はドロワーズ、上は特に下着は身に付けずに透けそうなほど薄い布地のガウンを羽織って前を留めているだけである。

自分は何のために呼ばれたのであろうか。

浴室の中には侍従の姿もなくヴィルフリートの他に誰もいない。だとすれば入浴の手伝いのためなのだろうか。

少し考えて、リアナは結局その格好のまま足を踏み出した。このガウンだと濡れれば間違いなく胸などが透けるが、この薄い布地は浴用のものだと言われればそんな気もした。入浴の手伝いをするにはおあつらえ向きだろう。

「リアナ。なんでそのままで来る？　ちゃんと脱いでこい」

浴槽からまっすぐこちらを見ていたヴィルフリートが、リアナの考えて至った結論をあっさりと覆して、足がぴたっと止まる。

「は、はい」

リアナは慌てて返事をして脱衣場に取って返した。

驚くことに、ヴィルフリートはリアナと一緒に入浴しようと思っている。そのことがヴィルフリートの先程の言葉ではっきりとわかってリアナは狼狽えた。

ベルギウス伯爵が晩餐時に意味ありげに言った言葉。あれは言外に二人で浴室を使うことも可能だということを匂わせていた。それに素っ気なく返答したヴィルフリートの態度をしっかりと見ていたリアナは、まさか彼がそれに乗っかるような真似をするとは思っていなかった。

ガウンとドロワーズを脱げばすぐに一糸まとわぬ身体になる。それを見下ろしながらリアナは自分の体温がぐんぐんと上がっていくような感覚に捉われていた。

（……どうしよう）

寝台の上以外で裸を晒す。少し想像しただけで、それはとてつもなく恥ずかしいことのように思えた。一緒に入浴するなんて一体なにをどうすればいいのだろう。

凹凸の乏しい身体。太ってはいないが、何と言うか自分でも女性的魅力が少なめだと思っている。リアナはなんとなくヴィルフリートはその性格から豊満な身体つきの女性を好むのではないかと思っていた。だから、普段からリアナに物足りなさを感じているのではないかと心配もしていた。もちろん今までに何度も閨を共にしていて裸も見られているのだから、今更と言えば今更だが、改めて見られてがっかりされるのではないかと思うとそれも怖かった。

「リアナ？」

「はい」

出ていく勇気が出なくて逡巡していると、ヴィルフリートの声がまた聞こえて、さすがにいつまでもうだうだしていられなくなったリアナは仕切りの影からそっと足を踏み出した。

堂々と裸体を晒すことなんてもちろん出来ないが、あまりに縮こまるのも嫌々来たみたいに思われてしまうかもしれない。

リアナは手で反対側の二の腕を掴むようにして胸を隠し、下ろしている方の手でさり気なく前を隠してうつむきがちに浴槽まで近づいた。とてもじゃないが、ヴィルフリートの方なんて見れなくて、だから彼が今どのような表情をしているのかはわからなかった。

浴室の中は、明り取りの窓から月の光がわずかに差し込むのと、備え付けられているランプの火でほのかな明るさが保たれている。だから、何もかもが見られているだろうということだけは察しがついた。

「先に身体を洗うか？」

近くまで行ったらその先はどうすればいいのだろうと頭を巡らせていたリアナはその言葉に思わず立ち止まり反射的に顔を上げた。

「そこで身体を洗える」

そう言いながら浴槽の縁に腕をのせたままで髪をかき上げたヴィルフリートから何とも言えない色気が醸し出されているような気がした。

いつもと違う雰囲気に鼓動が一気に速まる。リアナはそれを誤魔化すかのように慌てて言われた場所を目で探した。すると、壁に寄せて甕《かめ》のようなものが置いてあるのが見えた。その傍に水汲み用の桶とトレイのような容器が置いてあって、そこに石鹸《せっけん》とおそらく浴用だと思われる布が並べられていた。

「さ、さきに洗わせていただきます」

リアナは口早に言い置いて、さっとそちらに足を向けた。桶をとって中の水を掬い身体にかける。水だと思ったそれは、温《ぬる》くはなっていたが湯だった。温い湯をかけると反対に身体が冷えることもあるが、リアナの身体は恥ずかしさのあまり確実に先程よりも熱を帯びていて、変な汗まで掻き始めている。

それを流すかのように幾度か掬った湯をかけるとすうっとした。少しだけ落ち着きを取り戻したリアナは屈みこんで膝をつき、手早く髪を洗った。ヴィルフリートがリアナを待っている様子なので、待たせてはいけないと少し急ぎながら手に取った石鹸を泡立て肌の上を滑らせる。

リアナはヴィルフリートの方を見ないようにしてあえてそれに集中した。

「慣れてるな。誰か呼ばなくてもいいのか」

不意に後ろから声を掛けられてはっとする。確かに身分の高い女性は入浴時には侍女が手伝いをするだろう。実際、リアナだって普段はそうだ。

しかし、こんな状況下では侍女を呼ぶ訳にはいかなかった。

「い、いえ。大丈夫です」

短く言って屈んだ状態で顔をふるふると横に振るとざばりと湯が零れた音が聞こえた。

（え？）

その音にもしやと思って慌てて振り返る。すると、浴槽から出たヴィルフリートがリアナの後ろに立っていた。

リアナよりもかなり上背のある体躯に顔が後ろに傾く。慌ててリアナは立ち上がった。

すると、その裸をまともに見てしまった。がっしりとした胸板とそれに続く割れた腹筋、腕や足もしっかりとした筋肉がついていて部分ごとに盛り上がっている。それは紛れもなく男の身体で、しかもヴィルフリートはかなり体格が良い。逞しい肉体に、せっかく少し冷静になれたというのにかあっと顔が熱を持ってリアナはさっと目をそらした。その腰回りはとてもじゃないが見られなかった。

「へ、陛下はもう出られるのですか？」

焦るあまりどもりながら反射的に身を横にしてヴィルフリートの視線から自分の身体を隠す。するとその背中を何かが撫でた。

「いや」

肩についた泡を広げるように上から下へとヴィルフリートの硬い手の平が背中を滑ったのだ。びくりとリアナの肩が揺れる。

「へ、いか……？」

「背中がちゃんと洗えてない」

言いながらヴィルフリートは、腰のあたりまで下した手をまた上へとすっと移動させた。今度は脇や脇腹ぎりぎりを撫でながらまた下へと温かい感触がゆっくり滑っていく。何度かそれをされると、背中の触れられたところからぞわぞわした感覚がリアナの身体の中を広がっていった。それを抑えようすれば自然と下腹に力が入る。

ヴィルフリートはただ身体を洗ってくれようとしているだけだ。それなのに、内側から何かが生まれようとしている。その正体がなんとなくわかってしまったリアナはヴィルフリートの見えないところで困ったように眉を寄せた。

すると、突然、ざばりという水音とともに湯が体に掛けられた。

「陛下！」

リアナが自分のことに気を取られているうちにヴィルフリートが桶を取ってリアナの身体に掬った湯を掛けてくれたのだ。

まさかそんなことまでしてくれるとは思っていなかったリアナは驚き、慌てて桶を持つその手を押さえた。

「陛下、そんなことまでしていただかなくても大丈夫です。自分で出来ますので。ここまで洗っていただきましてありがとうございます」

「いや、気にするな。俺がしたくてしている」

何でもないことのように言いのけて、ヴィルフリートはリアナの手を軽く避けると、また湯を掬ってリアナの身体に掛けた。

「でも」

それでもやっぱりそんなことはさせられないと更に言い募ろうとしたリアナを見て、ヴィルフリートがにやっと笑った。それは普段の他を寄せ付けない、威厳に満ちた皇帝の彼からは考えられないくらい気取りのない、まるで少年のような笑みだった。

その顔はリアナの胸を一瞬で突いた。そして、動きが止まったリアナに狙いを定めて、今度は頭から湯が掛けられた。

「っ」

頭から湯が滑り落ちる感覚に驚いたリアナは、反射的に手で顔を覆う。

「目を瞑っていろ。全部洗い流してやる」

そこまでされてはもう何も出来なかった。

リアナは顔を覆ったまま目を閉じて湯が掛けられるのに身を任せた。時折、湯が流れた後を追ってヴィルフリートの手が肩や腰に触れる。目を閉じていることもあってか、その感触に身体が細かく反応してしまうのをリアナは必死に押し留めた。

「これぐらいでいいだろ」

何回かそんなことを繰り返した後、ヴィルフリートにそう言われてそっと目を開けた。

ぱちぱちと目を瞬きながらそのあたりの水気を指で拭い、手を顔から離すと思ったよりも近くにヴィルフリートの顔があってとくんと心臓が跳ねる。

腕がゆっくりと上がって筋張った指が顔に張り付いていた髪を左右に避けた。それを妙に優しくて丁寧な仕草でされて鼓動がどんどん速まっていく。

「あの……ありがとうございます……」

間近で絡み合った視線を解けなくて、瞬きを繰り返しながらやっとのことでそれだけを言う。滴を落とすように頬の表面を指先が撫でた。

不意にヴィルフリートがふっと笑った。

「じゃあ、入るか」

「あ……はい」

顔に触れていた指が離れるのをリアナは少しだけ名残惜しい気持ちで見送った。

促されるようにして浴槽に近付く。ヴィルフリートよりも先に入るのは躊躇われて隣を窺うように見ると、腰にするりと手が回った。

「入らないのか？　望むなら俺が入れてやるが」

「……っ、大丈夫です」

揶揄《からか》うような口調が指している意味をなんとなく察したリアナは慌ててその手から逃れるようにして浴槽に足を入れた。

ヴィルフリートは意外といたずらっぽいところがあって、こちらが遠慮してしまうようなことも、さらりとやってしまう性質があるのはさすがのリアナでもなんとなくわかってきた。このまま躊躇っていたら本当に抱き上げて浴槽に入れられるぐらいはされそうで、さすがにそんなことをされるのは恥ずかしすぎる。

思い切ってじゃぼんと中に身を浸して、湯の中に広がっていきそうな髪を片側だけにささっとまとめて肩の方へ流す。

後ろでヴィルフリートが浴槽に身を滑り込ませたのがわかった。リアナは自分の身体が邪魔にならないように反対側に移動して距離を取ろうとする。すると、その前にがしっと腰を掴まれた。

「どこへいく」

「え……」

ヴィルフリートはリアナの腰を掴んだまま、自分の傍へとぐっと引き寄せてきた。それによりリアナの身体はヴィルフリートの脚の間へと入り込み、後ろから抱え込まれるような体勢になってしまった。色々なところで素肌が触れ合ってリアナの心臓が一際大きな音を立てた。

一緒に入浴するということがどういうことなのか、リアナは具体的にはいまいち想像できていなかった。改めてこんなに恥ずかしいことなのかという現実が押し寄せてきて、大いに狼狽えてしまう。

腰に回った手はそのまま、そこらあたりの肌をさわさわと撫でる。緊張が身体に走り、リアナはぎゅっと身を縮こませた。

「戻りが遅かったな。夫人と何か話していたのか?」

リアナにとっては自分の許容量を超えるいっぱいいっぱいの状況だと言うのに、ヴィルフリートは呑気に世間話のようなことを話し始めた。しかし、その間にも手はリアナの肌の表面をなぞり、あろうことか、胸を両手で包み込んだ。

びくりとリアナの肩が震える。

「……はい。絵画を……」

「絵画？」

二つの膨らみを下から掬い上げるように動いた手はそれをゆらゆらと湯の中に揺らすようにして、その柔らかな感触を堪能し始めた。時折、指先が先端を掠めて、その度に軽く身体が震えてしまう。反応し始めた身体が恥ずかしくて、更に身体が強張った。

「絵画を見せられた？」

耳に押し付けられた唇がそのままそこで動いて囁くように話すものだから、内容は何てことないものなのに、何か淫らなことを言われたかのような気持ちになってしまう。

言葉を紡ぐ度に吐き出される息が耳朶《みみたぶ》にかかってくすぐったい。唇がくっついている部分から与えられる細かい振動も相まってじんじんと痺れたようになってくる。

「そう……です。途中で部屋によっ……て……んっ」

「ああ、そういう部屋に連れてかれたのか」

どこか楽しそうなヴィルフリートの声が浴室に響く。胸を揺らしていた手はもうはっきりと揉みしだくような動きへと変わっていた。時折動きの途中で手を止めて、親指で先端を引っかいたり、左右に倒しながらこすこすと擦ったりしている。

「は……い。絵、だけではなく、色々、飾ってあ……て……んっ」

耳の外側をねっとり舌が舐めた。そのままそこを軽く噛みながらちろちろとくすぐられて、あまりのくすぐったさに身体を捩る。

すると、まるで逃がさないと言うようにぐっと腰を押し付けられた。そこにはっきりとしたヴィルフリートの高ぶりを感じて、リアナの身体がかっと熱を帯びる。

「自慢が好きそうな夫人だったからな」

硬くなってぷっくりとした胸の尖りをくにくにと指で弄ばれてリアナは鼻から甘い息を漏らした。湯の中で敏感なところをいじられて、頭がぼうっとなりつつあった。ヴィルフリートとの会話も頭に入ってこなくなっている。

ヴィルフリートはリアナの返事など期待していないかのように、しれっとした態度で言葉を続けた。

「伯爵夫妻は贅沢も好きそうだよな」

「……んっ」

言葉の合間に丁寧に耳を舐めしゃぶられている。

おそらくリアナの耳は真っ赤になっているだろう。そうやって舌を這わせながら気まぐれに耳元で話すものだから、その息に反応してくすぐったさからずっと逃れられない。

そうこうしているうちにくすぐったさの中に甘い痺れが混じるようになり、それが身体の奥に何ともいいがたい疼きを引き連れてくる。

「まあ、おかげで俺はこうやって楽しめている訳だが。リアナ、聞いてるか？」

ようやく耳から唇を離したヴィルフリートが覗き込むようにして横からリアナを見た。

リアナはそのことには気付かずに、いつの間にか掴んでいた浴槽の縁に置いた自分の手元をぼうっと見ていた。下を向くといじられている胸が視界に入ってしまうのが恥ずかしくて、別のところを見て気を逸らせながら、唇をぎゅっと噛んで、引っ張られたり押し込まれたりする度に胸から広がっていく快感に耐えていたのだ。

頭の中がかなりぼんやりしてきて、もうほとんど言われている内容に注意を払っていなかった。

「リアナ」

ぱしゃんと音がしたかと思うとヴィルフリートの手が上がって、顎を掴み、リアナの顔を強引に自分の方へと向けさせた。

くるりと変わった先にあるその鋭い印象の目元から注がれる視線に捉えられて、リアナは金縛りにあったかのようにそこから目を逸らせなくなった。そこで始めてヴィルフリートに何か返答を求められていたらしいことに気付く。

「申し訳、ありません。私……」

すると、ヴィルフリートがわずかに口角を上げた。

「いや、もういい」

そのまま顔を傾けてヴィルフリートの顔がゆっくりと近づいてくる。唇が重なって柔らかくて湿った感触が押し付けられた。その瞬間、リアナは無意識に軽く息を詰めた。

何回か啄むように軽く押し付けられた後、ゆっくりと擦り合わせるような動きで角度が変えられる。そうやってヴィルフリートの唇はリアナにくっつきながら優しく動く。すると、身体に入っていたおかしな力が自然と抜けていき、それと共に今まで出てこないように奥に押し込めていた愉楽が開放されて全身に広がっていくような心地に包まれた。

その、あまりの気持ちよさにリアナはうっとりと目を閉じる。下腹部がじんじんと痺れているのがはっきりとわかった。

「ん……」

舌が唇の合わせ目をゆっくりとなぞった。それに誘われたようにうっすらと口を開くと、唇の上にいた舌が待ちかねたように入り込んでくる。

最初は歯列や上顎を丁寧にくすぐり、その後で舌を絡めとられた。

粘着質な水音を立てながらねっとりと絡みついてくる肉厚な男の舌に口内をかき混ぜられる。喉の奥から何度も声が漏れた。鼻でなんとか呼吸を確保しながらも段々と苦しくなって目をきつく閉じると、口の端から、二人の混じり合った唾液が零れて首筋を伝った。

やっと唇が離された時には、リアナの息は上がっていた。

身体に力が入らなくて自然とヴィルフリートにもたれてしまう。ヴィルフリートはそんなリアナの頭を宥めるように撫でると、こめかみに口づけを落とした。

「大丈夫か？」

「は……い」

「まだまだこれからだからな。これぐらいで音を上げるなよ」

「え……」

隣でふっとヴィルフリートが笑った気配がした。髪を片側にまとめたせいで、後れ毛はあるものの、ほぼ剥き出しになっていたリアナの首筋をヴィルフリートが舐めた。

途端にぞくりとした感覚が背筋を走る。

「少ししょっぱいな。汗か」

言いながら肩から首筋にかけて上から下、下から上へとたどるように舌が這わせられる。その度に肩がひくひく揺れた。

「リアナは首も弱いからな」

「んっ」

「気持ちいい？　それともくすぐったいか？」

「……あ……わから……な……んっ」

「そうか」

漏れ出る息の合間に何とか応えたものの、口づけの合間も首を舐めている間も、片方の手で胸をいじられることはずっと続けられているものだから、リアナの身体は休まることがなかった。

快楽が加速度をつけて膨らんでいく。さっきからもうずっと秘所が熱を帯びてじんじんとしていて、どんどんと追い詰められていっていた。

すると、リアナの願望をくみ取ったのか、唇で触れているのとは反対側の肩を撫でていた手がすっと下に向かった。恥毛を掻き分け脚の間へと差し入れられる。

「は……あっ」

するりと確かめるように秘裂を撫で上げられた。

次いでぐっと武骨な指が押し付けられて二本の指でむにむにと秘所を揉み込まれた。強制的に動かされた襞が中でこすれ合ってたまらない快楽を生み出し、太ももがぴくぴくと震える。

「これは湯じゃないな。もうこんなに濡れてるのか」

秘裂を掻き分けた指が入り口を探った。リアナにとってはものすごく恥ずかしいことを何でもない口調で言うものだから余計にいたたまれない気持ちになって、少しでも否定したいという気持ちから無意識に首を振っていた。

「や……んっ……」

「そうか、嫌か。じゃあこれは？」

蜜口を円を描くように撫でていた指が上へゆっくりと移動し始める。すぐに花芯へと到達すると、絶妙な力加減でそこに触れた。

「は、あっ」

一番感じるところを刺激されてふるりと身体が震えた。

すりすりと何回も上から擦られるとその度に秘所が引き攣れたように疼く。耳や胸などへの愛撫で焦らされていた分、そこから拾う快楽は普段よりも増していた。

「やっぱり、ここがいいか？」

「ん、ん……あ……そんなこと、聞かないで……ください」

「言いたくないか？　でも俺は知りたい」

「はぁ……ん、ん」

「リアナ、ほら硬くなってきた。気持ちいいか？」

花芯を優しく押さ込んで細かく指先を震わせられると、言われるまでもなくものすごく気持ちが良かった。知らずと甘い声が口から漏れ出る。

自分を見失いつつあるのが恐ろしくてやめてほしいけれど、本当はもっとしてもほしい。よくわからなくなって自分の脚の間に伸びている太い腕をぎゅっと掴んだ。ばしゃんと湯の表面が跳ねる。

ヴィルフリートは二本の指を使って膨らんだ花芯を間に挟み優しく揉み解すよう動かして根元に響くような刺激を送ってきた。すると、そこから強い痺れがリアナの身体を走り抜けた。ぐんっと背がしなる。

「んんっ」

「リアナ」

押し付けられた唇が何かを促すように耳元で囁く。リアナは潤んだ瞳を瞬いた。

「は……へ、いかは、なんで……そんな、やだ……いじわる」

息も絶え絶えに紡がれる言葉を聞いて、ヴィルフリートがふっと笑った。

「意地悪か。意外と可愛いことを言うんだな。ますます虐めたくなる」

花芯を弄ぶヴィルフリートの指の動きがますます細かく、速くなっていく。

顎を掴まれ顔を固定されて唇が押し付けられたが、リアナは口が半開きになってしまってそれどころではなかった。

「あっ、んん、うんっ」

膣がひくひくと戦慄き、それに伴って秘所全体が震える。リアナは達する瞬間、太ももでぎゅうっとヴィルフリートの手を挟み込んだ。それでもびくびくと跳ねる腰を止められない。

「達したか」

ヴィルフリートの言葉に答えることも出来ずに、その逞しい胸に身体を預けて、荒い息を吐きながら身体の中の波が落ち着くのを待った。

達した後の脱力感で身体はだるかったが、心地いい疲労感のようなものに包まれる。

ぼんやりしていると、まだ花芯の上にあったヴィルフリートの手が動いた。するっと下に移動して入り口あたりを解すように動き始める。

「へ……いか？」

リアナは訝し気な声を出した。

次の瞬間、そこにあった指がぐっと中に入り込んできた。湯とは明らかに違うぬるつきに助けられてぐにゅんと意外と簡単に奥に進んでくる。

「あっ」

「次は中だな。一本は簡単に入りそうだ」

「えっ、やっ、今は……そんな、あっ」

ヴィルフリートの言葉通り、達した後に膣内はその指をあっさりと呑み込む。

「ほら、もう全部入った」

ヴィルフリートはリアナに思い知らせるように押し込んだ指をゆっくりと引き抜いて、ギリギリで止めるとまたゆっくりと中に戻した。それを何回か繰り返す。その度に膣壁にじれったい刺激が伝わって、敏感になっている秘所がきゅうきゅうと疼く。

リアナは喉の奥で呻《うめ》いた。中途半端な刺激はかえって毒で、一回達したというのに、もっともっとと下腹部を戦慄かせる。腰が強請るように揺れた。

「一本じゃ足りないか？」

「や……」

意地悪な響きを伴う言葉にリアナはいやいやするように首を振った。

「リアナは強情だな」

言いながら、ヴィルフリートは指を二本に増やした。それでもひどく丁寧にゆっくり出し入れする指の動きは変わらない。耐え難くてぎゅっと瞳を閉じた。

「もっと乱れてみろ。どうしてほしいか言うんだ」

耳元で囁かれてまた目を開く。

ぼんやりとした視界の中でちゃぷんと湯が揺れた。

「そしたら、俺はいくらだってお前の言いなりになる」

その言葉がやたらと甘く響いて、リアナはゆっくりと首を横に巡らせた。覗き込むように見ているヴィルフリートと眼差しが絡み合うと、唇が自然と開いた。

「……して。もっとひどく……して」

琥珀色の瞳を軽く見開いた後に、ヴィルフリートは薄く笑った。

「ひどく、か。なかなか煽ってくれる」

目つきが一瞬だけ鋭くなり、肉食獣を思わせるそのきつい眼差しに背中がぞくりとした。

もしヴィルフリートに本能のまま求められたら自分はどうなってしまうのだろう。想像だけで身体の芯が熱くなった。

身体に埋め込まれたままの指がずるりと引き抜かれて、速い動きで奥を穿った。そのまま二本の指を別々に動かして、ぐちゃぐちゃと中を掻き回される。

わずかに湯が入り込むような感覚もあったがそんなことはすぐにどうでもよくなった。内壁を擦られてそこから生み出される悦が下腹を痺れさせる。

「あ、あ、は……」

息を求めるように喘ぐと、ぐっと首が反って突き出すような形になった喉が震えた。

「そろそろ、我慢がきかない」

リアナを追い詰めるように前後に指を出し入れしていたヴィルフリートが、はあと熱いため息を吐いた。腰をぐっと押し付けて猛りを擦り付けるような動きを見せる。

中に押し込まれていた指がずるりと引き抜かれた。

「リアナ、立てるか」

埋めていたものがなくなった膣内がひくひくと戦慄く。瞬間的に猛烈な飢餓感に襲われたリアナは顔を歪ませた。

「そんな顔をするな。またすぐ入れてやる」

ざばりと湯が大きく揺れて、リアナを抱えるようにしてヴィルフリートが浴槽の中で立ち上がった。そのままくるりと身体を入れ替えると、浴槽の縁に手を置くように促される。

リアナはぼんやりとしたままそれに従った。頭の中はとうに蕩けていて、まともに考えを巡らすことなどはとっくに放棄していた。

「リアナ、入れるぞ」

ふらつく腰をどっしりとした腕で支えられて、臀部を突き出すように誘導される。

秘所に硬いものがあてがわれて、位置を定めるかのようにぐりぐりと入り口を探ってからぐんと中に入り込んできた。圧迫感に息が詰まりそうになりながらも、それを上回る刺激が触れ合った内部から身体に広がっていく。

涙が滲んで視界が揺れた。

「ん、くぅ、んん……」

自然と背中が反って湯の中で踵が上がる。更に臀部が突き出されるような格好となった。そこをしっかりと抱え直すと、ヴィルフリートは自身で隘路を押し開きながら腰を進め始めた。

ゆっくりと中に熱くて硬いものが入り込んでくる。リアナはそれに合わせて息を吐いた。太ももの内側がぴくぴくと震える。

やがてそれが膣奥まで到達し、リアナの中を埋め尽くした。そのままでじっとされると繋がっているところがじくじくと疼く。ぴったりと腰をくっつけたままヴィルフリートは覆いかぶさるように身体を倒してきた。背中に唇が落とされて、空いている手が胸をまさぐる。

散々弄ばれた先端は赤く色づき、腫れたようになっていた。それでも二本の指で挟み込むようにして優しく擦り合わせられると、途端に快楽を拾い出す。

押し付けられたままの腰が円を描くように動いて、膣奥をぐりぐりと刺激されると、おかしくなりそうなほど気持ちがよかった。

「あ、はぁ……うん」

それをされながら背中がべろべろと舐め回される。しかし、膣からの刺激にリアナはそれどころではなくなっていた。

するとその時、唇が押し付けられたところにちりっとした違和感が走った。

今までにない感覚にリアナの気が少しだけそちらに向く。しかし次の瞬間に軽く中を突き上げられると途端に意識が飛んでいった。喉の奥から籠ったような音が漏れて、浴槽の縁を掴む手に力が籠る。

そのまま行為に没頭していると、今度はまた違うところにちりっとした感覚が走った。その感覚が何回か繰り返されて、さすがに無視できなくなったリアナはそれを確かめようと緩慢な動きで首を後ろに回そうとした。

「へ、いか……？」

「気にするな」

短く言ったヴィルフリートが上体を起こして腰を手で持ち、ギリギリまで屹立を引き抜いた。すぐに速い動きでぐんっと中に押し込んで、そこから激しく穿ち始める。

それをされたらリアナはもう嬌声を上げることしか出来なくなった。

「あっ、あっ、んんっ」

パンパンと腰がぶつかる音と二人の荒い息が浴室に響く。ヴィルフリートが動く度に、足元で揺れる浴槽の中の水が激しく波立った。

「……リア、ナっ……」

上がった息の合間に名前を呼ばれて、下腹部がきゅんと縮こまった。

リアナの意思とは関係のないところで、膣内が柔らかく雄を締め付けて果てさせようと誘っていく。

ヴィルフリートは少し身体を離して、低い位置から腰を振り立て、更に深い奥を穿った。びくんとリアナの身体が震え、大きな愉悦が身体の先から先までを走り抜ける。

脚がぶるぶると震え今にも崩れ落ちそうだった。身体を支えている腕も限界に向かっている。

リアナは、ヴィルフリートの腕に何とか支えられているような状態だった。腰が打ち付けられる度にその細い肢体が揺れる。

「んっ、んっ、は……あん」

それでも、止めてほしくはなかった。自分の中に膨らんで弾けるのを待ちわびている熱を解放したい。身体をよじらせ悶え続ける。

行為中に大きな声を上げることはリアナにとってとても恥ずかしいことだったが、それも忘れて漏れ出るままに喘いだ。

このままめちゃくちゃにされてもいいと思った。ヴィルフリートの欲のままに蹂躙されてもかまわない。むしろ、もっと奥に入り込んで壊してほしい。

ひどく被虐的な気持ちのまま、朦朧《もうろう》とする意識の中で与えられる快楽に堕ちていく。

ぐっと押し込まれた肉茎がリアナの悦いところを擦り上げながら奥をぐんっと刺激した。括れた部分で媚肉が抉られ狂おしいほどの快楽がリアナに押し寄せる。

ヴィルフリートの汗がぽたりぽたりと背中に落ちた。

「あっ、んんんっ」

そこで高められた熱が体内で一気に弾けた。びくんびくんと腰が跳ねて甘い痺れが全身の隅々までに行き渡る。

きつく締め上げる中の収縮に耐えられず、ヴィルフリートもまだ自身を奥に押し込んで、小刻みに動かしながら欲を吐き出した。悩まし気な吐息が男の口から漏れる。身体を倒し、リアナの腰をぐっと抱き寄せたせいで、リアナの足はほとんど浮き上がる寸前だった。

「はっ……」

吐精が終わったヴィルフリートはしばらくリアナを抱きしめていたが、やがてゆっくりと自身を引き抜いた。栓がなくなって、重みで落ちてきた精が太ももを伝って流れ落ちる。

先程よりも深い絶頂だったせいもあってか、リアナは荒くなった息を落ち着かせながらただただぐったりとしていた。ヴィルフリートがいまだに腰を支えてくれているのでなんとか立っていられてはいるが、脚がふらついて今すぐにでも崩れ落ちてしまいそうだった。

そんなリアナをそっと浴槽の中に座らせると、ヴィルフリートは一旦浴槽から出て行った。そして、きれいな湯を桶に掬って戻ってくると身体に掛けて汗を流してくれる。そうしてからリアナを浴槽の中から抱き上げた。

リアナはその最中ずっとぼんやりしていた。ひどい倦怠感《けんたいかん》が身体を包んで行為の余韻から抜け出せない。

ヴィルフリートはされるがままのリアナを脱衣場にある椅子まで運び、用意されていた布で身体を拭ってくれた。ある程度滴を落とすと、今度は浴室を出て寝台まで運ばれる。

裸のままで柔らかい敷布の上に横たわったリアナは、のしかかってきたヴィルフリートをとろんとした目で見つめた。

意識はあるものの、頭の芯がぼうっとして起きていることの現実感がなかった。頭に膜がかかったように、どこか薄ぼんやりして、まるで夢の中の世界にいるみたいだった。

「リアナ」

優しく名前を呼ばれて頬を撫でられる。それがとても心地よくてうっとりした。

ちゅ、ちゅと唇が啄まれる。瞼を閉じてその感覚を味わった。柔らかな感触はゆっくりと動いて唇を食むように挟み擦った。

そのまま唇が下りて、首筋、鎖骨とたどっていく。膨らみを包んだ手が左右の胸を寄せるように持ち上げ、そうしてできた谷間に唇が落とされる。そこに、先程と同じようなちりっとした感覚が走ったが、リアナはもうそれには反応しなかった。ヴィルフリートの手が胸の尖りを押し潰していて、そちらに意識が引っ張られる。

白い肌の上を舐めたり吸ったりしてひとしきり這い回ってから唇が上に戻ってきた。今度は舌が差し入れられて深い口づけを交わす。くちゅくちゅした淫らな水音が辺りに響いて、ねっとりと味わうように口内をかき乱されると、また足の間がじくじくと疼いた。弾けて散り散りになっていた熱の欠片が、再び集まって一つの大きなうねりとなっていく。

頭の中がより一層痺れて、意識が弛んだ。

「……へいか」

そうやって散々舌を絡ませたのに、唇が離れると寂しくなってリアナはヴィルフリートの首に抱き着いた。熱に浮かされたような頭では、そうすることがとても自然に思えた。

「なんだ、素直だな」

首元にしがみついてくるリアナの後頭部をヴィルフリートが撫でる。リアナは男の胸元に顔をぎゅうっと押し付けた。

「へいか……」

呼びかける訳でもない、呟きのような言葉が口から零れる。

温かい剥き出しの肌の感触と慣れた落ち着く匂いを感じながら頬や唇をぐりぐりと押し付ける。そうすると、より近くにヴィルフリートを感じたくなって、ただ、無防備に縋った。

離れていかないで。傍にいて。独占したい。全てを、なにもかもを自分のものにしたい。誰のものにもならないでほしい。頭から足の先まで、髪の毛の一本まで、彼の欠片も、誰にも渡したくない。

素直で何のてらいもない、願望そのままの気持ちが胸を埋め尽くす。リアナは抱きつく腕に力を込めた。

「どうした」

ヴィルフリートはくっついたままのリアナを抱き起こしながら自分の身を起こして寝台の上に座ると、膝の上にリアナを乗せた。

リアナはぴったりと身体をくっつけたまま広い背中に手を回してまた強くしがみついた。

「リアナも甘えてくることがあるんだな」

髪の中に手を差し入れ、ヴィルフリートは優しく指を動かして梳きながら頭や首の後ろを撫でる。幼子を宥めるような仕草に自分が受け止められている感じがして、強い安心感に包まれた。

「可愛いな」

耳に押し付けられた唇から発せられた言葉が鼓膜をくすぐる。

こめかみに口づけが落とされて、押し付けていた顔を上げると、待っていたかのように唇を啄まれた。何回かそれが繰り返された後、少しだけ顔を離されて、至近距離で顔を窺うように見つめられる。二人の吐息がわずかに開いた空間で絡んだ。

「ん、もっと……」

口から素直な言葉を零すと、すぐに唇が塞がれる。要求に応えるかのように、ヴィルフリートはリアナの唇を余裕のない仕草で貪った。身体の下では硬いものをぐりぐりと押し付けられる。

腰を浮かすように持ち上げられて、秘所に屹立があてがわれた。下腹部は爛れたように熱く痺れていて、そこがどうなっているのかなんてもうよくわからなくなっていた。ぐいっと捻じ込まれて、中が柔らかいままだとわかるや否や、一直線に貫かれる。

「あっ、はぁっ」

リアナはその荒々しさに耐えるかのようにヴィルフリートの背中に爪を立てた。

「もっと堕ちればいい」

律動の合間にヴィルフリートの口から零れた言葉をリアナは自身の嬌声と混濁する意識のせいで、まともに聞くことが出来なかった。

「すべてをさらけ出せ……そして俺のものになれ」

ヴィルフリートは切なげに眉を寄せて低い声でそう呟いた。

そして、熱情に浮かされたように何度もリアナを下から突き上げて、奥に精を放った。


翌日、ベルギウス伯爵の城館の一室で、ヴィルフリートと騎士や帯同していた側近、官吏たちが出立前の打ち合わせを行っていた。

話が一通り終わると、出発の準備にかかるため、中にいた者たちが次々と部屋から出て行く。最後に一人残ったアルバートは椅子から立ち上がったヴィルフリートへと近寄って話し掛けた。

「出発が予定より遅れそうですが」

「大丈夫だ」

アルバートの顔をちらっと見たヴィルフリートがとくに表情を変えることもなく淡々と返す。

「急がせれば、予定通りに出れるかもしれません。指示しますか？」

「いや、いい。多少遅れても、今日の距離だったら問題になるものではない。そうだろ？」

「はい、問題はありません」

アルバートは返答しながら自分の主の反応がなにかいつもと違う気がして、その厳《いか》めしい顔をじっと見た。何だか、まるで、出発を早めると都合が悪いことがあるかのような態度に思えたのだ。自分への視線に気づいたヴィルフリートがわずかに片眉を上げる。

そして、ごく何でもないような口調でさらりと一言を付け加えた。

「リアナの準備が遅れている。あまり急がせたくない」

その言葉にアルバートは軽く瞳を見開いた。

「なんだ、その顔は」

「いえ、別に。珍しいですね。いつもきっちりしているリアナ様が。体調に問題でも？」

アルバートは顔をさっと戻して言葉を返した。常に折り目正しく、控えめな態度でただずんでいる、大国の皇帝の側に侍《はべ》るというにはいささか質素な印象の、あまり感情を出さない淡々とした主の側妃のいつもの様子をアルバートは思い出した。リアナはいつも言われた通りに黙々と行動し、わがままも言わず、団体の輪を乱すようなことも一切しない。それは、帯同している騎士たちの長として一行を取りまとめているアルバートにとっては大変に有難いことだった。それ故、そんな彼女の常にはない行動に違和感を覚えた。

「体調が優れないとかではない。ただ今日は起きるのが少しだけ遅かっただけだ」

「そう……ですか」

瞳を瞬いてちょっと顔を傾ける。口元を引き締めて表情を出さないように努めたつもりだったが、どうやらその努力は上手くいってなかったようで、アルバートを見ていたヴィルフリートがにやっと笑った。

「お前の考えている通り、リアナが寝過ごしたのは俺のせいだ」

アルバートはヴィルフリートが皇太子時代からずっと仕えている、彼の身辺警護にあたっている騎士たちの中では古参の存在だ。ヴィルフリートが戦に赴いていた時代は戦場にまで伴をしてその背中を守った。未来永劫変わらないであろう固い忠誠を誓い、ずっと傍に仕えている。だからヴィルフリートの性格のおおよそは知っているつもりであったし、自分の性質もまた、詳細に把握されているだろうと思っていた。長い時を経て強固な信頼関係を築いているが、それは堅苦しいだけのものではなく、その中にはある種の気安さも生まれている。

だから、二人の間では、時と場合によってはあけすけな話や、冗談めいた会話が交わされるのもそんなに珍しいことではなかった。アルバートの胸に湧き上がった驚きは皇帝であるヴィルフリートがそんな発言をしたという意外性からきたものではなく、言葉の内容から察せられる彼の昨夜の行動についてによるものだった。

「陛下、ほどほどにされないとリアナ様のお身体に障りますよ」

いつも程のあけすけな感じの返答ができずに、困ったように笑いながら当たり障りのない言葉を返す。

「わかっている」

本当にわかっているのか疑問が残るくらいの軽さで、ははっとヴィルフリートが笑った。

「また後でな」

開け放たれた扉の隙間から傍仕えの男がこちらを窺っているのを見つけたヴィルフリートが、ぽんと肩に軽く手を置いてから部屋を去っていく。

一礼してそれを見送ると、アルバートは自分の後頭部をぽりぽりと指で掻いた。


それからしばらく後、アルバートは城館の前に並んだ馬や馬車を背にしながら入り口前で主が出てくるのを待っていた。出立の準備はすっかり終わっていて、一行はそれぞれが自分の所定の位置について、出発の時を今か今かと待っている。後は、ベルギウス伯爵夫妻と挨拶を交わしているヴィルフリートとリアナが馬車に乗り込むだけであった。

アルバート自身も少しだけ会話を交わしたが、伯爵も伯爵夫人もかなりお喋り好きな性格であることがすぐに見て取れた。もしかしたら時間がかかるかもしれないなと、日の高さを気にして空を仰ぎ見る。

そこには、雲一つない晴天が広がっていた。

見るともなしに、おそらく故意に開け放ったままにされているのであろう両開きの玄関扉を見ていると、開いた扉の間からヴィルフリートの立派な体躯が姿を見せた。その後から、いつもの通り澄ました表情をしているリアナがきちんと一定の間隔をあけて姿を現す。二人を同じ視界の中に入れたアルバートは心の中でそっと首を捻った。

どこか他人行儀な雰囲気さえ漂うこの二人の距離感を見ていると、次の日の予定さえ忘れるほどの情熱的な褥の様子なんてとても想像できない。

揶揄われたのかなとアルバートは結論付けた。主の性格を考えれば、そういうことであったとしてもなんら不思議ではない。

そんなことを考えながら目礼して二人が前を通り過ぎるのを待った。下げた視界の隅にまでリアナが移動したのを確認して目礼を戻そうとする。その瞬間、不意にざあっと強い風が吹いた。目を細めて風が通り過ぎるのをやり過ごす。視界の先で旅装の上からリアナが羽織っているローブの裾が風に煽られて強くはためくのが見えた。

それが自分の前にまで風に乗ってふわりと飛んできた時、アルバートは身体の動きを止めて一瞬だけその動きを凝視した。どうやら風に煽られた際に首元で結んでいた紐がほどけて飛ばされたらしい。すぐに腕を上げて目の前で舞っているその布を掴む。突然のことで驚いたまま足を止めてこちらを振り返った持ち主のところにまで足早に寄っていってさっと差し出した。

「どうぞ」

「ありがとう」

感情の読み取れない黒水晶のような瞳がこちらに向けられた。いつもの折り目正しい笑みを浮かべて白くてほっそりした手が差し出したままになっているローブを取ろうと伸ばされる。それに合わせて視線を下に移動したアルバートはその途中でふとあるものが目に留まり、そこにそのまま釘付けになった。

移動の妨げにならないシンプルなドレスは胸元も開いていることがなくしっかりと覆われていたが、襟ぐりから鎖骨ははっきりとその姿を覗かせていた。その鎖骨の下あたり、ドレスに隠れるか隠れないかのギリギリのところに赤い鬱血痕が、ぽとりと落とされた染みのように、はっきりとその存在を主張していたのだ。真っ白い肌に浮かび上がった生々しささえ感じさせる色合いの赤は、何事もなかったかのように無視できない程には、アルバートの意識を奪った。

まさかこれは陛下が……？

リアナはヴィルフリートの側妃で二人は昨日も寝室を共にしていた。だからこの女性にこれをつけることができるのはヴィルフリートその人以外には考えられない。それは動かしがたいことであった。でも、アルバートはすぐにその事実を受け入れられないでいた。

ヴィルフリートのことは、年若い頃から長きに渡り、ずっと傍で付き従えて見てきた。自分から見ればまさしく雲の上の存在であったが、彼は出会った頃から変わらず、周りに対してわけ隔てをしない、ざっくばらんな性格の持ち主であった。感情表現もストレートでわかりやすく、意を汲みとるのもあまり苦労はない。しかし、その分、怒りの感情も直接的で、その厳めしい顔つきと相まって怒らせると相当に恐ろしかったが、細かいことに頓着しないはっきりした性格は周りの人間を惹きつけ、アルバートまた、固い忠誠を誓うぐらいには彼に心酔していた。

しかし、人好きのする気取りのない性質を持つ一方で、ヴィルフリートは、容赦なく人を切り捨てることのできる、ぞっとするほど冷淡な一面も併せ持っていた。

こちらが驚くぐらい切り替えが早い。その場面になれば、情など一瞬たりとも差し挟む余地なくばっさりと断ち切る。見ていて寒気がするほどだった。

でも、それは仕方のないことのようにも思えた。一介の騎士の自分が見える範囲だけでも、彼の周りには様々な人々の思惑が渦巻き、権謀が張り巡らされていた。昨日まで味方だと思っていた人があっさりと手のひらを反す。そんなことが繰り返される中に身を置いていれば、そのぐらいの切り替えがなければやっていけないような気がした。まともに心を揺さぶられていては、壊れてしまう。

その冷淡さは女性関係にも顕著に出ていて、一晩一緒に夜を過ごした相手でも次の日に裏切り者だと判明すれば、いとも簡単に処分を命じた。女が泣き喚こうとも眉一つ動かさない。情などかけたりもしないし、誰か一人を選んで特別にもしない。だから、女性と夜を過ごすヴィルフリートをそれなりの回数見てきたが、彼が誰かに特別執着したり、心を移したりするのを、彼が知る範囲内では目にしたことがなかった。それに付随するような行動や、気配も、もちろん感じたことはない。

それ故、アルバートは、所有を主張するための目的で付けられることが多いこの痕を、ヴィルフリートがつけたということに、これ以上ないほどに驚いたのだ。

あまりにまじまじと見ていたからだろう。その視線の先にあるものにとうとうリアナが気付いた。リアナはローブの下に隠したはずのその痕が、思わぬアクシデントで人目に晒されている状況にはっとしたようだった。次の瞬間、恥ずかしそうに頬を染めて唇をきゅっと噛みながら視線を下げた。

アルバートはまた、そのことにもひどく驚いた。いつも淡々としていて、一定の態度を崩さない、仮面のようなものを纏っていた人が、目の前で急に感情を露わにした。

それは、そのきっかけとなるものがその人物にとって強く感情を揺さぶられるものであったからに他ならないだろう。もちろん、情事の証となるようなものを目撃された女性としての恥じらいはあるだろうが、それぐらいで動じるような人物かといえば、そうではないような気もしたし、純粋な恥じらい以外の感情も、アルバートはその表情から読み取っていた。

すっと隣に誰かが近寄った気配を感じてアルバートがゆっくりと横に顔を向けると、ヴィルフリートが引き返して二人の傍まで歩み寄ったところだった。何も言わないまま、リアナの手の中で頼りなくゆらゆら揺れているローブをさり気ない仕草で引き寄せ、ふわっと広げると、ゆっくりとそのほっそりした肩に戻してきゅっと首元で紐を結んだ。

「へ、へいか」

呆気にとられたようにヴィルフリートを見ていたリアナの顔がみるみるうちに朱に染まった。それを周りから隠すように自分の方に引き寄せると、口を半開きにして呆然と二人を見比べているアルバートの方を見て、彼にだけ見える角度でにやっと笑った。

そして、くるりと振り返るとリアナの手を引いたまま馬車の方へと歩いていった。

その後ろ姿に、先ほど感じた他人行儀さなどは微塵も感じられない。アルバートは二人の間の中にある、隠されたものの一端を垣間見たような気分になった。

ヴィルフリートが一瞬だけ見せた、彼女に向ける驚くほど優しい眼差しが目に焼き付いて、しばらく頭から離れなかった。

ディアノベルス

夜《よる》のあなたは違《ちが》う顔《かお》
～隠された姫と冷淡な皇帝～

2017年 10月 31日　初版第1刷 発行

❖著　　者　　木下杏
❖イラスト　　里雪
❖編　　集　　株式会社エースクリエイター

本書は「ムーンライトノベルズ」(http://mnlt.syosetu.com/)に掲載されたものを、改稿の上、書籍化しました。
「ムーンライトノベルズ」は、「株式会社ナイトランタン」の登録商標です。

発行人：久保田裕
発行元：株式会社パラダイム
〒166-0011
東京都杉並区梅里2-40-19
ワールドビル202
TEL 03-5306-6921

印 刷 所：中央精版印刷株式会社

DN009

Dear Novels
好評発売中！
藍井恵
Megumi Aii
イラスト みずきたつ
Mizukitatsu
愛していると言ってくれ！
1
～孤独な王と意地っ張り王妃の攻防戦～
男勝りで責任感が強い性格の王女オデット。
結婚＝国政という考えのせいで
恋愛については未経験のことばかり。
そんな彼女が大国の王レオナルドに嫁ぐことに。
軍人王と称えられる彼は
オデットにとってはどこかいけ好かない奴で……。
「私は気軽に、愛しているなんて言葉を使いたくないんだ」
愛が理解できない破天荒な王妃と、
彼女の愛を求め続ける王の
ロイヤルラブコメディ、開始!!

宮廷音楽家になったら王子に溺愛されました 1
雪花りつ Sekka Ritsu
イラスト 涼河マコト Suzukawa Makoto
子爵家令嬢に転生したシーラは高い行動力と歌唱力が自慢！
自分の歌を認めてくれるパトロンを探すため、
貴族でありながら音楽家として宮廷に入ることに。
早速専属の歌姫として求められたシーラだったが、
その相手はなんと
女性関係に奔放な事で有名な王子様で……。
「あんな女ったらしで、平気でキスをしてくる王子の専属になんてなりたくない！」
前向きで純粋な転生歌姫と
強引だけど優しい王子様の
幸せいっぱいなラブストーリー、開幕!!
好評発売中
Dear Novels

それは
団長《だんちょう》、
あなたです。2
ちろりん
Chirorin
イラスト KRN
自他共に認める堅物役人のリンジーは、
美丈夫の騎士団長ユーリと対峙していた。
酔った勢いで彼女を抱いてしまったことを
後悔する彼。
お互い言葉にすることなく
密かに想い合っていたせいで
こじれてしまった恋の行く末は——!?
「私頑張ります。貴方と一緒にいられる幸せが待っているのだから」
愛されることを知ったレディと
愛することを知った騎士団長の
優しくて癒されるラブストーリー第二弾!!
好評発売中

それは団長《だんちょう》、あなたです。1
ちろりん
Chirorin
イラスト KRN
真面目さが取り柄の堅物役人リンジーは、
優しくて皆に頼られる、騎士団長ユーリに、
密かに憧れを抱いていた。
かげながら頑張っているといつも励ましてくれる彼。
自分に自信のないリンジーは
素直になれずにいたのだが……。
「……私は恋愛とか、不得手ですから」
素直になれない努力家レディと
包容力のあるスーパー騎士団長の
優しい優しいラブストーリー、開幕!!
好評発売中！

Dear Novels
優しく啼かせて
①
久遠縄斗
Nawato Kuon
好評発売中！
イラスト 北沢きょう
処女であることを彼氏に馬鹿にされた由香利。
失意のなか彷徨っているうちに、
異世界へとやってきてしまう。
彼女を助けてくれたのは、強面で大柄な男。
由香利はそんな彼に自分の体を捧げる決心をする。
「や、優しく、してください」
家庭的で少し天然な乙女と
無骨だけど溺愛系な軍団長の
優しく蕩けさせる濃密ラブファンタジー登場!!

Dear Novels
葉月クロル
Chlor Haduki
イラスト 椎名咲月
好評発売中！
黒いおみみのうさぎなの
強大な魔力を持つ、黒うさぎの獣人ミイシャ。
お転婆な彼女の夢はあたたかい家庭を築くこと。
師匠に連れられてやってきた王宮で、
理想の旦那様の条件をフルコンプリートした
トラの獣人ガリオンと出会う。
ミイシャの猛烈アピールに、さっそく急接近するふたり。
しかし、この恋の成就には越えなければならない
大きな壁があった……!!
「お嫁さんになるために、全力でがんばります！」
あざとカワイイ黒うさぎと
クールな溺愛系イケメントラの
モフモフでハッピーな爽快ラブファンタジー!!

Dear Novels
宇佐美月明
Tsukita Usami
イラスト 壱也
Ichiya
好評発売中！
実の妹に婚約者を奪われた侯爵令嬢のレオノーラは、
妹の婚約者だったアルウィンと代わりに結婚をすることに。
彼の中に妹への想いが残っていると感じた彼女は、
それぞれの未来を守る為、
アルウィンのもとを去る決意をする。
「愛していただけなのに……こんなわたし、
貴方に見せたくない」
聡明で美しい侯爵令嬢と
本心を明かせない公爵子息の
ドラマチックラブストーリー第一弾!!
頬にサヨナラのキスを1

真宮奏
Sou Mamiya
イラスト 緒笠原くえん
氷の王は腕に抱く
転生令嬢を
前世で花屋を営んでいた男爵令嬢のロゼ。
庭師の試験を受けるために王宮に来たはずが、
何故か氷の王と名高い国王ギャザラの
『夜の教育係』として採用されてしまう。
意地悪な物言いをする彼に、
ロゼの強気な心がざわつき始めて……。
「陛下の事は率直に申し上げて嫌いです」
甘え下手な世話焼き転生令嬢と
不器用でひねくれ者の国王の
あたたかくて優しいラブストーリー!!
好評発売中！
Dear Novels

宇佐美月明
Tsukia Usami
イラスト 壱也
Ichiya
愛するがゆえに、夫と**離婚**した侯爵令嬢のレオノーラ。
王城内で起こる**事件**に関わりを持つうちに、
忘れ去っていた自らの**過去**を思い出していく。
思わぬ危険に晒され続ける彼女の傍らには、
将来を誓うことになる**一人の男性**の姿があった――。
聡明で美しい侯爵令嬢と
一途に愛する年下公爵子息の
ドラマチックラブストーリー第二弾!!

ディアノベルス 新刊情報
2017年冬 発行予定
頬にサヨナラのキスを2
不器用な二人が迎えた
最高のハッピーエンド――!!
「恋愛」と「謎解き要素」、
そして「深まっていく人間関係」
多方面で楽しめる大人向けエンタメ!!

【それは団長、あなたです。】
ちろりん 著：KRN 画
めでたしの後もずっと幸せ。
『私らしさ』を愛されるオトナのプレミアム恋愛レーベル
自分の魅力を知った女性は『したたかわいい』。
大人気WEB小説を
続々書籍化中です！
ディアノベルス
好評
発売中！
【氷の王は転生令嬢を腕に抱く】
真宮奏 著：緒笠原くえん 画